Tucholsky Wagner Zola Scott Fonatne Sydow Freud Schlegel

Turgenev Wallace

Twain Walther von der Vogelweide Fouqué Friedrich II. von Preußen

Weber Freiligrath Frey

Fechner Fichte Weiße Rose von Fallersleben Kant Ernst Richthofen Frommel

Engels Fielding Hölderlin Tacitus Dumas

Fehrs Faber Flaubert Eichendorff

Feuerbach Maximilian I. von Habsburg Fock Eliasberg Zweig Ebner Eschenbach

Ewald Eliot Vergil

Goethe Elisabeth von Österreich London

Mendelssohn Balzac Shakespeare Dostojewski Ganghofer

Trackl Lichtenberg Rathenau Doyle Gjellerup

Mommsen Stevenson Tolstoi Hambruch

Thoma Lenz Hanrieder Droste-Hülshoff

Dach Verne von Arnim Hägele Hauff Humboldt

Karrillon Reuter Rousseau Hagen Hauptmann Gautier

Garschin Baudelaire

Damaschke Defoe Hebbel

Descartes Hegel Kussmaul Herder

Wolfram von Eschenbach Dickens Schopenhauer Rilke George

Bronner Darwin Melville Grimm Jerome

Campe Horváth Aristoteles Bebel Proust

Bismarck Vigny Barlach Voltaire Federer Herodot

Gengenbach Heine

Storm Casanova Tersteegen Grillparzer Georgy

Chamberlain Lessing Langbein Gilm Gryphius

Brentano Lafontaine

Strachwitz Claudius Schiller Kralik Iffland Sokrates

Katharina II. von Rußland Bellamy Schilling

Gerstäcker Raabe Gibbon Tschechow

Löns Hesse Hoffmann Gogol Wilde Vulpius

Luther Heym Hofmannsthal Gleim

Roth Heyse Klopstock Klee Hölty Morgenstern Goedicke

Luxemburg Puschkin Homer Kleist

La Roche Horaz Mörike Musil

Machiavelli

Navarra Aurel Musset Kierkegaard Kraft Kraus

Nestroy Marie de France Lamprecht Kind Kirchhoff Hugo Moltke

Nietzsche Nansen Laotse Ipsen Liebknecht

Marx

von Ossietzky Lassalle Gorki Klett Leibniz Ringelnatz

May vom Stein Lawrence Irving

Petalozzi Platon Pückler Michelangelo Knigge Kafka

Sachs Poe Liebermann Kock

de Sade Praetorius Mistral Zetkin Korolenko

Der Verlag tredition aus Hamburg veröffentlicht in der Reihe **TREDITION CLASSICS** Werke aus mehr als zwei Jahrtausenden. Diese waren zu einem Großteil vergriffen oder nur noch antiquarisch erhältlich.

Symbolfigur für **TREDITION CLASSICS** ist Johannes Gutenberg (1400 — 1468), der Erfinder des Buchdrucks mit Metalllettern und der Druckerpresse.

Mit der Buchreihe **TREDITION CLASSICS** verfolgt tredition das Ziel, tausende Klassiker der Weltliteratur verschiedener Sprachen wieder als gedruckte Bücher aufzulegen – und das weltweit!

Die Buchreihe dient zur Bewahrung der Literatur und Förderung der Kultur. Sie trägt so dazu bei, dass viele tausend Werke nicht in Vergessenheit geraten.

Der verwandelte Fächer - Fröhliche Leut' - Thea

Hermann Sudermann

Impressum

Autor: Hermann Sudermann
Umschlagkonzept: toepferschumann, Berlin

Verlag: tredition GmbH, Hamburg
ISBN: 978-3-8424-1319-1
Printed in Germany

Hermann Sudermann als Erzähler

Hermann Sudermann, der am 30. September 1917 ins siebente Jahrzehnt seines erfolgreichen Lebens eintrat, stammt aus dem ostpreußischen Matziken, aus einer religiös eifrigen Mennonitenfamilie; eines Brauers Sohn. In Tilsit besuchte er das Gymnasium, eine kurze Apothekerlehrzeit blieb eine Episode; in Königsberg hat er studiert. 1877 übersiedelte der tatenfrohe junge Mensch in die Reichshauptstadt, die ihn nicht wieder losließ. Er fertigte ein Berliner Wochenblatt fast allein vom ersten bis zum letzten Stück, er schuf Skizzen und Novellen – und hoffte auf sein Glück. Am 27. November 1889 wurde dann im Berliner Lessingtheater der Dramatiker Sudermann geboren mit dem Vollerfolg seines sozialen Tendenzstückes »Ehre«. Seither war er literarisch frei, er wurde wirtschaftlich unabhängig, sein Name war berühmt ...

Sudermann, der im Gegensatz zu Gerhart Hauptmann seine Bühnenstoffe aus sich selber schöpft, ohne Anleihen bei der Weltliteratur, meistert seine Motive bühnengerecht. Er weiß, ein bildsamer Empfänger französischer Anregung für dramaturgische Kunstgriffe, dem Theater sein Recht zu geben in Schürzung und Lösung des dramatischen Knotens, mit der Verteilung von Licht und Schatten, mit allen Mitteln der Illusion, nicht zuletzt in den wirksamen Aktschlüssen. Stets bleibt er bedacht auf die schlagende, zugespitzte Sprache des Epigrammatikers, die Sudermanns Bühnenwerke auch in Buchform zeitlos im Wert erhält als geistreiche Lektüre. Innerhalb dreißig Jahren vollendete dieser schaffensfreudige, durch keinen Widerspruch zu lähmende Dramatiker ein Viertelhundert Ein- bis Fünfakter von wechselndem Wert und mit bewegter Bühnengeschichte; ihre Gesamtwirkung hat in Sudermann den stärksten Dramatiker Deutschlands erwiesen. Ich nenne aus der langen Reihe anhaltender Erfolge: »Sodoms Ende«, »Heimat«, »Morituri«, »Das Glück im Winkel«, »Johannes«, »Johannisfeuer«, »Stein unter Steinen«, »Die gutgeschnittene Ecke«.[1]

---

[1] Sämtliche Werke Hermann Sudermanns erschienen im Verlage der I. G. Cottaschen Buchhandlung Nachfolger, Stuttgart und Berlin.

Sudermann als Präsident des von ihm begründeten Goethebundes wie als eifriger Förderer des Kulturbundes Deutscher Gelehrter und Künstler suchte und fand stets in Friedenszeiten und in den Kriegsjahren die lebendige Fühlung mit seinem Volk, dessen großen Angelegenheiten er dient. Ein bei aller Weltgewandtheit schlichter Mann, der die Gediegenheit liebt, der Phrase und dem Pathos abhold, hat er sich sein fruchtbares Leben, von Leiden nicht unangetastet, selbstsicher aufgebaut im Schutz eines echten Familienglückes, streng gegen sich, verständnisbereit für alles, was die bunte, tolle Welt bevölkert und bewegt; ein ritterlicher Mensch, ein Volksfreund, ein Dichter.

Wir gehen dem *Erzähler* Sudermann nach.

Ein weltvergessener Ton schwingt durch des Dichters ersten, sich durchsetzenden Roman von 1887: »*Frau Sorge*«. Paul Meyhöfer, der leidende Held der Erzählung, sagt der jede Freude beschattenden, jeden Nerv entnervenden Frau Sorge, die sich schon zum alten Faust durchs Schlüsselloch schleicht und ihn anhaucht, daß er erblindet, die Lebensfehde an. Der schwerblütige Grübler, der in dem Alltag dahindämmert, ohne seiner selbst bewußt zu werden, der hilflos verwundert die andern genießen sieht – dieser Pflichtknecht mit dem wackern Herzen reißt das ihn fliehende Glück an sich: als der hassende Vater, dem Frau Sorge im Genick sitzt, den schönen Gutshof, der einst sein war, im trunkenen Wahn anzünden will, da rettet Paul seiner Geliebten ihren Besitz, indem er seine eigene bescheidene Habe dem Untergang weiht. Der weithin leuchtende Flammenschein zwingt den Vater heim. Das Gericht will Paul freisprechen; aber der Brandstifter bekennt sich zu seiner Tat. Er geht ins Gefängnis, doch in seinem Innern leuchtet helles Licht! Er wandert diesem ihm aufstrahlenden Lichte zu, es hat ihn nicht als Irrlicht genarrt. Bei aller Treue in der Schilderung des armseligen Hofes, den die Familie mit dem früheren Paradiese vertauschen muß, liegt ein feiner Silberglanz über der romantischen Erzählung. Und in dem äußeren und inneren Erleben entschleiert sich allgemeines Menschenlos.

Der »*Katzensteg*« von 1889 (als Film 1915, als Volksstück in vierzehn Bildern 1917) ist eine in ihrem Wirklichkeitsdrang reife Erzählung, deren Held Boleslav sich schuldlos in den Kampf um die Ehre seines adligen Geschlechts verstrickt sieht und in Trotz sein Recht verficht. Der alte Freiherr von Schranden, der Napoleons Franzosen über den Katzensteg den Preußen in den Rücken jagte, hat den Fluch an seinen Namen geheftet. Die Acht der Bevölkerung trägt der Erbe, doch er knirscht. Er kämpfte in dem Freiheitskrieg (unter fremdem Namen) mit, den Tapfern schmückt das Eiserne Kreuz. Den Bauern bleibt er der Verfemte. Hat der unversöhnliche Pfarrer eifernd den Verwilderer seiner Gemeinde aus den Lebendigen gestrichen, so weigert er dem Sohn das ehrliche Begräbnis seines vaterlandlosen und sittenlosen Vaters. Im Ringen um das Aufatmen seiner Seele ersteht dem edelblütigen Manne der Versucher in der eigenen Brust: mit ihm haust in der Ruine des angestammten Schlosses Regine, des Alten Dirne, die aus früher Schändung in ihrer Verwahrlosung, hundetreu im Dienst, zum Menschen erwacht; der Schloßherr fühlt Zuneigung zu dem natürlichen Bundesgenossen seines unnatürlichen Daseins. Aber er behauptet sich auch in diesem Strauß des Herzens. Er fällt im neuausbrechenden Kriege. Alle Gestalten dieses von Leben durchtränkten Romans stehen fest auf ihren Füßen, der Gegensatz der Menschen wird schlagend hervorgetrieben, und der das dreizehnte Kapitel der Geschichte schrieb, da die Flamme des Gerichts Gottes am Einzelschicksal in der verräucherten Dorfschenke aufblitzt, der trägt das Mal des Berufenen.

»*Jolanthes Hochzeit*« (1892) erzählt, wie ein keckes Mädel ihren alten Jahrgang nur heiratet, um in die Nähe des jungen Geliebten zu kommen – vielmehr, der gutartige Freiherr von Hankel auf Ilgenstein gibt sein komisches Erlebnis selber mit männlicher Gelassenheit zum besten, als ihm und der kleinen Zecherrunde der Wein mundet. Der Stoff ist locker, aber er wird mit Sprühgeist heruntererzählt, und man kommt vor angespanntem Zuhören kaum zu Atem. Ist man kein prüder Sittenrichter, so freut man sich am Schluß der mit deutlichen Anspielungen gepfefferten Schnurre für Herrenabende, daß die Jugend zur Jugend sich durchfindet; denn was der Gott der Liebe nicht zusammengefügt hat, das soll der Mensch scheiden ... Die moussierende Frische in dem Bericht des genasführten Hagestolz, der schließlich dankbar ist, vor den anstrengenden Veränderungen des Ehelebens bewahrt zu bleiben, hat Salonluft und gelegentlich Stallduft an sich; robuste Weltgesundheit spricht aus ihr und eine schmucklose Geradheit der durchschnittlichen Haltung des Lebens und Lebenlassens.

»Es war«, Sudermanns Roman von 1894, schildert überzeugend die Macht der Vergangenheit, die drohend ihr Haupt erhebt, nachdem der lebenswillige Mensch seine Schuld verschollen, sein Unrecht begraben wähnt. Die beiden tüchtigen Novellen des früher entstandenen Bandes »Geschwister« (1888) gehören einem verwandten Stoffkreise an. Der zur Freiheit sittlicher Selbstbestimmung berufene Erdensohn soll und muß ankämpfen wider die Erinnerungsbilder, die ihn schrecken. Der Ostelbier Leo von Sellenthin in »Es war« stellt sich dem Freund, mit dessen Gattin er ein Verhältnis einging, zum Zweikampf und schießt ihn nieder. Er flieht in die Welt, nachdem er seinem Freund Ulrich auf dessen feierliche Frage versicherte, nichts sei zwischen ihm und jener Frau, was nach menschlichem und göttlichem Recht unstatthaft sei. Der junkerliche Kraftkerl tobt sich in den Pampas von Südamerika aus, Ulrich heiratet Leos Geliebte, die Witwe des Duellopfers. Leo, nach mehreren Jahren heimkehrend, ist entschlossen, nichts zu bereuen und seine Pflicht zu tun. Jedoch die Vergangenheit spukt in seinem Blut und spreizt sich in seiner Umwelt; er geht der schönen Sünderin abermals ins Netz. Er wird von neuem schuldig: schuldig gegen sich selber, gegen den Freund, gegen die Seinen. Die Stoffindung ist so vortrefflich wie die Durchgestaltung glänzend; die charakterologische Begründung indes weist Lücken auf, die durch künstliche Mittelglieder nur scheinbar geschlossen sind. Die seelische Überzeugungskraft der weiblichen Gestalten – Felizitas, Johanna, Herta – bleibt zurück hinter der unbeirrbaren Beobachtungsgabe und der Lust am Erzählen.

Sudermanns Roman von 1908: »Das Hohe Lied« ist trotz seiner 635 Druckseiten eine Studie; den Darsteller dieser weitschichtigen Verhältnisse reizte es, einem Mädchentypus während der Entwicklungsjahre nachzuforschen, die Lili Czepanek mit dem lockern Musikantenblut im Leibe in wirbelnde Lebensformen zu stellen und mit der Freude des Seelenanatomen die einzelnen Zuckungen, Windungen, Temperaturen zu beobachten und zu verzeichnen. Der peinliche Stoff wird mit Sudermanns Glanz und Schmiß bewältigt; der Leser wandert im Verlauf der fünfundvierzig Kapitel, die in der Stadt und auf dem Lande spielen und Kabinettstücke der Widerspiegelung von Menschen und Zuständen bieten, durch eine Bildergalerie. Nicht jeder Vorwurf erfüllt uns einen Wunsch, jedoch hat der Künstler seine Stoffwahl frei; und das Zeugnis dürfte kein Unbefangener ihm weigern: Lilis verwickelter Werdegang, das Hohelied des weiblichen Naturtriebs, ist eine hohe Schule der Lebensweisheit, in der man niemals auslernt; literarisch ein in allen Feuern lockendes Prachtstück.

Ist es in alten Tagen ehrwürdige Volkssitte gewesen, von den Männern des Stammes an ihren Geburtsfesten öffentlich Kraftproben zu heischen, um durch deren Bestehen ihre Tüchtigkeit zu erhärten und die Ehre der Gemeinschaft zu erhöhen: als Mann von sechzig Jahren bringt Hermann Sudermann mit seinen *»Litauischen Geschichten«* (1917) der Heimat den reinsten Erweis seiner gesammelten Kraft als der Summe seines wohlvollbrachten schaffenden Lebens und seiner herzlichen Treue. Denn die hier vereinten vier Erzählungen bilden sein reifstes Dichtwerk, das an die Jugenddichtung von der gestrengen Fee Frau Sorge innerlich anknüpft. Der Erdgeruch dieser Meisternovellen ist würzig; die Gestaltung der Seele dieser einfachen Menschen und der Natur, der sie entsteigen und die sie fest umklammert hält, erscheint vollendet. Aus der Not und Wende der gewaltigen Gegenwart ward ein Heimatschatz gehoben, der ein kulturgeschichtliches Mal bedeutet für die Zeiten. Sudermanns Wucht des Stils ist ein leidenschaftliches, gebändigtes Feuer, seine Symbolik völlig unsentimental, seine Weise biblische Einfalt. Bedurfte es eines bündigen Beleges, wie wenig die Wanderung durch die Welt diesen Gesellschaftskritiker unterhöhlt und entwurzelt habe – diese Geschichten aus Litauen sind des Zeuge! Litauische Bauern, Elendleute im Moor, Kätner und Mägde sind die Träger der schreckhaften, spukhaften und scherzhaften Ereignisse, Liebe und Haß rütteln an den Dämmen und reißen sich wild ihren Weg, Erdsegen glänzt auf den erdhaften Gestalten; der Himmel Litauens ist ausgespannt. Wie aufschlußreich entwickelt sich in »Ions und Erdme« die ursprüngliche Kultur, die sich Schritt vor Schritt tastet mit erwachenden Sinnen; tiefdringend gibt der Erzähler diesen triebhaft vor sich hinlebenden Menschen das unverlorene Geleit ihres Götterglaubens mit, so daß Litauen nicht nur landschaftlich bis in seine verborgenen Reize unser Mitbesitz wird, sondern zugleich als Gewinn, als Sorge und Sorgelöserin um unsere Seele wirbt.

Aus zwei Novellenreihen des Dichters schöpfen unsere drei Erzählungen, mit denen die Universal-Bibliothek zu Ehren ihrer Nummer 6000 Hermann Sudermann in ihren internationalen Bücherschatz aufnimmt. Den zwanglosen Geschichten »*Im Zwielicht*« (1887) entstammt »Der verwandelte Fächer«. Ein kleines Feuerwerk über die Arterhaltung der Geschlechter und ihre Waffen aus der Schatzkammer der Natur leitet zu der Spezies der Tenorsänger und zu Frau Lillys tragikomischer Episode mit ihrem berühmten »Schwarm« über. So weltlaunig und scharfäugig schlenderte der junge Sudermann einst durch die Salons und durch die Straßen der Großstadt! – Von den sieben Stücken der reiferen Sammlung »*Die indische Lilie*« (1911), die manchen künstlerischen und menschlichen Wert festhält, erfreut die zarte Weihnachtsskizze »Fröhliche Leut'«. Das Fest der Familie trotzt dem Tod; die Mutter und Gattin feiert es lebendig gegenwärtig mit, ob sie schon der andern Welt zugehört. Die Grenzlinie der Sentimentalität wird mit Takt gemieden. Und »Thea«! Diese Phantasien über einem Teetopf wissen uns in ihren sechs Kapiteln unseres Dichters Leben und Wesen zu entschleiern. In dieser Bilderreihe, der Beichte eines Poeten, baut sich organisch die Weltanschauung des gütigen Optimismus, welche diese wurzelechte und kerngesunde Persönlichkeit sich erworben hat. Aus Jugenddruck und ehrlichem Sichemporraffen aus den nächtlichen Zirkeln der literarischen Müßiggänger wie der Salondrohnen wird der Entschluß geboren: Ich gehe mich suchen. Das kostet Kampf; dieses Stirb und Werde weckt Selbsterkenntnis und Menschenkenntnis. Körperliche Krisen fehlen dem Lebensgange nicht – der Dichter liegt in seinem Sarge, er prüft sich durch einen Schimmer der herben Gruftphilosophie, Kritiker und Verehrer lassen sich hören, bis er dem schönen, ernsten Leben zurückgegeben »im reifenden Weltwissen rätselratend« sich über Sturzacker, Strauchwerk, Springquellen und Eisschrunden auf die standhaltende Erde rettet. Von Illusionen frei, den Idealen getreu, schreitet der Dichter aus dem deutschen Osten frohgemut ins Abendrot, seines Weges gewiß.

Charlottenburg 1918.

Theodor Kappstein.

Der verwandelte Fächer.

Sie sind träumerisch, sind zerstreut – Sie trällern eine Melodie leise vor sich hin. Noch einmal, wenn ich bitten darf!

»Am stillen Herd – zur Winterzeit!«

Ich danke, ich weiß genug. Daher also hatten Sie gestern in der Oper keinen Blick für Ihren gehorsamsten Diener? Unser blondlockiger Walter Stolzing hat's Ihnen angetan.

Schauen Sie rasch in den Spiegel – dieses Erröten kleidet Sie wunderbar. Doch daß gerade ein Held des hohen c es ist, der es hervorzauberte, das will mir nicht gefallen!

Warum ich in so spöttischem Tone von den Tenoristen rede, fragen Sie? Oh, verkennen Sie mich nicht!

Ich bin auf der Stelle bereit, jedem Tenorsänger zu bescheinigen, daß ich ihn persönlich als die höchste Blüte der Männlichkeit, einen gewissermaßen aus der Allgemeinheit herausdestillierten Idealmann anerkenne.

Ich scherze nicht – wahrhaftig! Ich will's Ihnen beweisen – naturwissenschaftlich – echt Nordau'sch. Hören Sie zu: Das vornehmlichste Attribut des männlichen Geschlechtes – wir können das beim Menschen sowohl wie im gesamten Tierreich beobachten – ist die Gefallsucht.

Der Mann, weit mehr als das Weib, will gefallen und muß gefallen. Der Trieb der Arterhaltung bringt es mit sich, daß ein jeder im Wettkampfe um die Gunst des Weibes die Palme für sich zu erringen strebt.

Die Gunst des Weibes ist die Achse, um die das Weltenrad sich dreht. Um ihretwillen hat sich die Natur mit ihren leuchtendsten Farben geschmückt, um ihretwillen ertönt die Stimme alles Lebendigen in holden Harmonien, und um ihretwillen ist der Riesenkampf entbrannt, der erst erlöschen wird, wenn die Welt zur Ruhe des Eises erstarrt.

Wundern Sie sich nicht. Das ist durchaus wörtlich zu nehmen. Bei Darwin und Häckel steht's geschrieben.

Alles Schöne in der Natur ist ein Spiel der männlichen Gefallsucht – und vieles Furchtbare ist es auch. Diese Gefallsucht, durch die im Tierreich – ich könnte ebensogut auch auf das Pflanzenreich exemplifizieren, doch das würde zu weit führen – das männliche Wesen sich seinem künftigen Gesponse bemerkbar zu machen und seine Mitbewerber zu verdrängen sucht, äußert sich in drei Eigenschaften: erstens Farbenglanz, zweitens Gesangskunst, drittens Kampfesmut.

Vom Paradiesvogel bis zum Pavian und bis zum Husarenleutnant sehen wir das ewig Männliche in herrlichster Farbenpracht erstrahlen, während das Weibchen in Bescheidenheit seines inneren Wertes daneben verschwindet.

Von der Zikade bis zum Auerhahn und zum Troubadour macht sich das Männchen durch mehr oder minder wohllautenden Gesang bemerkbar, während das Weibchen sich in selbstbewußtes Schweigen hüllt.

Vom wilden Wasserkäfer bis zum brünstigen Hirsche und zum göttergleichen Achill werden um des Weibes Besitz die fürchterlichsten Kämpfe geführt, während dieses ruhig daneben sitzt und abwartet, wer von den Kämpfenden übrigbleibt. Hinterher läßt es sich dann von Homer und Offenbach noch ansingen. –

Wie meinen Sie? Der Hunger, nicht die Liebe, sei die Haupttriebfeder zu dem ewigen Kampfe in der Natur? Sie haben recht, ganz recht. – Allein wenn eines Tages die Liebe aufhörte, so würde ein jedes Geschöpf sich fragen: Wozu soll ich dieses lumpige Leben noch leben? Und falls es nun nicht imstande ist, sich durch Schreiben pessimistischer Bücher die Zeit zu vertreiben, so muß es jedem Dank wissen, der sich die Mühe nimmt, es aufzufressen. Der Kampf wäre mithin aus der Welt geschafft. – – –

Das geschilderte Verhältnis zwischen Mann und Weib gilt so weit, als wir unverfälschtem Naturwalten gegenüberstehen; erst in unserer verrotteten Hyperkultur scheint es sich umzudrehen. Wo die Eheschließung Schwierigkeit macht und drüben die Gefahr naheliegt, als alte Jungfer zu sterben, da beginnt das Werben des

Weibes um den Mann, da legt man Rot auf, da schmückt man sich mit Turnüre oder Chignon und lernt durch Verhüllen sich enthüllen, da spielt man das Gebet der Jungfrau, da lernt man sogar fechten, wie das Beispiel der Pariser Damen beweist.

Doch kehren wir zur Natur und zum werbenden Mannwesen zurück! Von den drei Eigenschaften, durch die man die Gunst des Weibes gewinnt, wurde dem einzelnen meistens nur eine zuteil – in seltenen Fällen schenkte ihm eine verschwenderische Laune der Natur deren zwei, wie das Beispiel des Husarenleutnants beweist.

Nun denken Sie sich aber einmal einen Mann, dem sämtliche drei als Waffen im Kampfe der Liebe mitgegeben wurden! Die Weiberherzen müssen ihm in Legionen zufliegen, die Ziffer seiner Erfolge muß eine schwindelerregende sein, in Berlin allein vielleicht mehr als tausend und drei.

Und ein solches Phänomen, in der ganzen Natur- und Menschengeschichte einzig dastehend, ist der Tenor.

Schon an Farbenpracht kommt ihm keiner gleich. Wer von uns anderen Männern darf es wagen, sich in silberner Rüstung, wie sie die Schwanenritter tragen, von den Frauen bewundern zu lassen? Wer sonst noch darf in wattierten, rosaseidenen – doch schweig still, mein Herze!

An Gesangskunst – na, das versteht sich von selbst; – und was den Kampfesmut anbetrifft, so – bitte, lächeln Sie nicht, meine Freundin! – kein Bayard, kein Cid hat so viel Heldentaten aufzuweisen wie er! Endet der erbitterte Kampf, den er allabendlich mit seinen Nebenbuhlern führt – dieselben pflegen Bariton zu singen und schwarze Trikots zu tragen – nicht immer mit der moralischen Niederlage der letzteren, auch wenn er, der Edle, dabei elendiglich zugrunde geht? Erduldet er nicht selbst den Flammentod mit dem größten Vergnügen, meistens sogar im Dreivierteltakt?

So – und nachdem ich diesen letzten Trumpf ausgespielt habe, werden Sie hoffentlich nicht mehr zweifeln, daß wir in dem Tenoristen in der Tat den Idealmann verkörpert finden, und sollte er selbst von dem seinem Berufe verbrieften Privilegium: angeborener Dummheit froh zu sein, einen mehr als polizeilich erlaubten Gebrauch machen. Doch diese Dummheit mag gerade als ein Attribut des Idealmannes gelten.

Was aber leider diesem idealen Manne gänzlich zu mangeln pflegt, das ist der Sinn für ideale Liebe; und wehe der seraphisch gestimmten Frauenseele, die in dem Menschen wiederzufinden meint, was der Sänger in so zarten Tönen versprach! Psyche mag froh sein, wenn sie sich noch mit versengten Flügeln aus dem Bereiche des Lichtes rettet, das ihr angezündet ward!

Da muß ich Ihnen doch gleich eine kleine Geschichte erzählen, die Geschichte eines Fächers, die hier hineinpaßt und zudem einen denkwürdigen Anhang zu Ovids Metamorphosen bildet!

Eine der Frauen, für die ich von altersher schwärme, ist Frau Lilly X. X. – bitte, strengen Sie sich nicht an, Sie kennen sie nicht – die Gattin eines westfälischen Eisenindustriellen, der den preiswürdigen Einfall gehabt hatte, sich mit Hinterlassung einer halben Million in ein besseres Jenseits zu entfernen. – Sein Tod war die erste Liebenswürdigkeit seines Lebens. – Frau Lilly kam nach Berlin in die große Welt wie eine verwunschene Prinzessin, die bislang in einem Rauchfang gesessen. Sie brachte die Gewohnheit mit, über ihre Arme zu hauchen, als wolle sie noch immer Kohlenstäubchen entfernen. Im übrigen war sie rein, rein bis in die geheimsten Winkel ihres Herzens. – – Ein scharmantes, kleines Persönchen mit schmalen, weißen Händen, großen, sehnsüchtigen, blauen Augen und einem dunkelbraunen Strudelkopf.

Sie saß und wartete auf die – Liebe.

Wir alle machten ihr den Hof, aber wir waren ihr nicht gut genug. Wir seien allzu leichte Ware, meinte sie, nur unsere Ansprüche wögen schwer.

»Er soll mein Schicksal werden, wie ich das seine,« sagte sie mir einmal mit schwermütigem Augenaufschlag, »aber er muß die Kraft haben, zu entsagen, wie ich sie haben werde.« – Sie seufzte tief auf.

Ich auch. – Und darauf lachte der eine den anderen aus.

Zu derselben Zeit begab es sich, daß ein berühmter Sänger zu einem kurzen Gastspiel in Berlin erschien. Die ganze Frauenwelt jubelte ihm entgegen und zitterte doch vor ihm; denn die Glorie wildester Don-Juan-Romantik umgab seine Gestalt, und nimmer noch, hieß es, hätte ein Weib dem Sturmlauf seines Werbens widerstanden. – Man kennt das wonnige Grausen, mit dem eine überreizte Frauenphantasie dem Erscheinen eines solchen Messias entgegenträumt, man weiß, wie ansteckend dieses Fieber wirkt.

Auch Frau Lilly ward von dem allgemeinen Rausch ergriffen, und sie noch heftiger als die anderen, denn in ihrer Seele vereinigte sich die leise Sehnsucht des liebebedürftigen Weibes mit den furchtsamen Schauern des neugierigen Kindes.

Wonnetrunken kam sie aus der Oper zurück, wo sie ihn in all seiner Herrlichkeit, von Jauchzen empfangen, mit Lorbeer überschüttet, zum erstenmal erblickt hatte.

Zwei Tage darauf erhielt sie von einer Freundin, die ein glänzendes Haus machte, ein Einladungskärtchen, das neben der lithographierten Formel in einer Ecke die mit Bleifeder gekritzelten Worte trug: »Er wird da sein.«

Sie hüllte die wogende Brust in einen Frühlingshauch von Spitzen, sie nestelte mit zitternder Hand die duftigsten Rosen in das widerspenstige Gelock. Hold und verschüchtert wie ein Nixenkind, das zum erstenmal die oberirdische Herrlichkeit erschaut, betrat sie den Ballsaal.

Er war noch nicht gekommen. Man fürchtete sogar, er werde im letzten Momente absagen lassen. Männer wie er können sich das erlauben. – Atemlos harrend saß sie da – und so die anderen alle.

Gegen ½ 11 Uhr ging ein freudiges Beben durch den Saal. Aus dem Vorzimmer war Kunde gekommen. – Die Tür öffnete sich. – Er war es! Sein müder Blick überflog nachlässig den Saal, die Wirtin zu suchen, die er kaum kannte. Eine byronische Locke fiel düster dräuend auf seine durchfurchte Stirn. – Ein leiser exotischer Duft ging von ihm aus.

»Er ist es – er ist mein Schicksal,« flüsterte Frau Lilly und senkte den feuchten Blick in ihren Schoß; denn sie konnte seinen Anblick kaum ertragen.

Er verschwand nach einem der einsamen Gemächer. Es verlohnte sich nicht für ihn, die Zeit mit Konversation zu vergeuden.

Eine Weile später hieß es: »Er wird singen.« – »O Gott,« seufzte Frau Lilly, »wie werd' ich *das* ertragen?«

Er erschien wieder auf der Bildfläche. Seine bläulich behandschuhte Hand glitt nervös über die Schläfen, wobei die düstere Locke tiefer auf die Brauen herabsank. Offenbar kopierte er Rubinstein.

Er begann. Es war die Tostische Wimmerarie: »*Vorrei morir*«, die er gewählt hatte, dieselbe, durch die Mierzwinski später so reiche Triumphe erntete. – Eine Welt unendlichen Leides strömte aus seinem Munde. Die Töne drangen auf die Nerven der Weiber, wie die Geißeln, mit denen die Flagellanten in wollüstigem Schmerze sich peitschten. In ihnen lag der wilde Aufschrei des Glückheischenden – der letzte Hauch des selig Sterbenden lag in ihnen. – Auf der Stirn des Sängers stand der Jammer Laokoons geschrieben. Sein umflortes Auge suchte im Saale umher, als müßte es sich an etwas anklammern, bevor es brach. – Und siehe da! es blieb auf Frau Lillys lieblichem Figürchen haften.

Ein heißer Schauer fuhr ihr den Wirbel hinab.

»*Vorrei morir*«, wiederholte sie traumverloren. Ihr Auge hatte den Heiland erschaut – nun konnte sie sterben.

Als es zur Tafel ging, kam die Wirtin des Hauses zu ihr heran, und mit der Rührung der Wohltäterin ihre Hand drückend, flüsterte sie ihr zu: »Bedanke dich, Lilly, du wirst zu seiner Linken sitzen.«

Ich führte sie. Es war kein Genuß, das kann ich Sie versichern; denn ich blieb heute Luft für sie. – Ihr Auge verschlang jede seiner Mienen, sie zehrte von dem Windhauch, den seine Ärmel hervorbrachten.

Er zog die Handschuhe aus und warf sie nachlässig in ein leeres Kristallglas. Ein Panzer von Diamanten funkelte an seiner langen, mattgelben Hand. Zwischen den Fingern saßen kleine Puderrestchen, die er liebevoll auf der Hautfläche verrieb.

Er war einsilbig. – Das sind große Männer immer.

Dann und wann warf er der Wirtin ein Kompliment zu, wie man einem Hündchen ein Knöchelchen zuwirft. Sie nagte glückselig daran.

Frau Lilly geruhte er zu übersehen.

Desto eifriger beschäftigte er sich mit seinem Teller. Die Hummerpastete hatte seinen vollen Beifall, – von dem Lammrücken nahm er zweimal, – bei dem Anblick der Forellen flog ein erster Schimmer der Freude über sein düsteres Antlitz, – und die Poularden gewannen ihn vollends dem Leben wieder. Dazwischen goß er den alten Chambertin in Strömen hinab.

Endlich fiel ein milderer Blick auch auf Frau Lilly.

»Hatte mein Lied Ihren Beifall?« fragte er sie mit der Miene eitles Mannes, der die Lösung des Welträtsels beabsichtigt.

»Oh – wie kann ich Ihnen danken?« stammelte sie.

»Danken Sie mir nicht,« fiel er ihr ins Wort, die Hand vertraulich auf ihren Arm legend – ich war nun bereits anderthalb Jahre mit ihr befreundet und hatte mir eine solche Geste noch nie erlauben dürfen – »Sie waren es, die mich begeisterte, und wenn ein Hall meines innersten Empfindens in meinem Gesange nachzitterte, so habe ich es Ihnen zu danken.« Er sprach es ruhig und geläufig, wie man etwas Auswendiggelerntes hersagt.

Ich überließ nun Frau Lilly ihrem Schicksal. Sie hatte den Sänger zu fesseln gewußt; denn nach der Tafel zog er sie in eine dämmerige Nische, wo er wohl eine halbe Stunde mit ihr plauderte.

Bald darauf und lange vor Schluß des Festes brach er auf.

»Wahrscheinlich hat er noch in etlichen Boudoirs zu tun,« raunte ein bissiger Freund mir zu, als er ihn im Vorzimmer verschwinden sah.

Am anderen Vormittag ließ Frau Lilly mich rufen und erzählte mir glückstrahlend, was in der Nische vorgegangen.

Sie hatte eine merkwürdige Seelenharmonie zwischen ihr und dem Sänger entdeckt. In der Auffassung der Liebe als Schicksal war er durchaus ihrer Ansicht gewesen, und die Theorie des Entsagens gar hatte er womöglich noch strenger ausgebildet als sie selber.

Ich dachte mir mein Teil, hütete mich aber, es auszusprechen. Oh, hätte ich nur nicht so feinfühlig sein wollen!

Das Ende vom Liede war gewesen, daß er vor lauter Begeisterung ihren Fächer, mit dem er gerade spielte, in die Tasche gesteckt und nicht mehr hatte herausgeben wollen.

»Was nun tun?« fragte sie in scheinbarer Hilflosigkeit, während die Freude über den an ihr verübten Raub ihr verräterisch aus den Augen sprühte.

»Das Beste wird sein,« meinte ich halb im Scherze, »Sie schreiben ihm, daß er Ihnen das *corpus delicti* persönlich wiedergebe.«

Sie erglühte bis in den Nacken hinein. Der Gedanke war ihr augenscheinlich nicht mehr neu.

Gleich darauf verabschiedete sie mich. Als ich sie später einmal nach dem Fächer fragte, wurde sie verlegen und wich der Antwort aus. Wohl zwei Monate vergingen, ehe ich das rätselhafte Ereignis erfuhr, das der Ärmsten manche Stunde friedlichen Schlafes gekostet hatte.

Der Gedanke, daß sie den Fächer wieder haben müßte um jeden Preis, war ihr fortan nicht mehr aus dem verliebten Köpfchen gewichen. Selbst ihre gekränkte Frauenwürde führte die Sophistin ins Feld, um von sich selber die Erlaubnis zu einem Stelldichein zu erbetteln. Endlich faßte sie einen heroischen Entschluß und schrieb ihm in sein Hotel folgende Zeilen:

»Mein Herr!

Ich bitte Sie, mir mein Eigentum zurückzugeben. Zu diesem Zwecke werde ich Sie am Sonnabend um 12 Uhr in dem linken Oberlichtsaale des Museums erwarten.

Lilly X.«

Sie sehen hieraus, wie naiv sie noch war! Einen Mann, wie ihn, nach dem Museum hinzubestellen, wo die Backfische und die Studenten sich ihre Rendezvous geben!

Halb betäubt vor Angst saß sie zur bestimmten Frist auf dem Rundsofa in der Mitte des Saales und starrte nach der Tür.

Er ließ wohl eine Viertelstunde auf sich warten; doch das gehörte sich so. Endlich erschien er, in einen kostbaren Biberpelz gehüllt, ein blauseidenes Cachenez vor dem Munde. Er sah unwirsch aus und schien es eilig zu haben...

Sein Blick glitt durch den Saal und blieb zweifelnd auf ihr haften. Er mußte kurzsichtig sein, denn er fixierte hinterher noch zwei andere Damen; und wäre sie ihm nicht mit einem schwachen Lächeln zu Hilfe gekommen, er wäre vielleicht an ihr vorübergegangen.

Nun trat er mild lächelnd auf sie zu und ergriff ihre Hand.

»Mein geliebtes Kind!« sagte er.

Die Knie wankten ihr vor Schreck und Scham. Wo nahm er das Recht her zu solcher Anrede?

Darauf sah er sie wieder mit jenem seltsam prüfenden, zweifelnden Blicke von der Seite an, wie jemand tut, der einen anderen in seinem Gedächtnis unterzubringen sucht.

»Es war etwas dunkel,« sagte er dann leise, fast zärtlich, wie um diesen Blick zu entschuldigen.

Sie sah erstaunt zu ihm empor. »Ja, es war etwas dunkel in der Nische,« entgegnete sie verschämt.

Er lächelte. Sie verstand das Lächeln nicht; aber es lag etwas darin, das sie erröten machte.

»Oh, ich war glücklich!« sagte er dann und drückte ihr verständnisinnig die Hand.

Sie war aufgestanden; er aber setzte sich dicht vor ihr auf dem Ledersofa nieder und – streckte die Beine aus.

Diese Bewegung erinnerte sie an ihren verstorbenen Gemahl. Es lag in der Tat etwas von der Ungeniertheit eines Ehemannes darin. Ihr wurde sehr unbehaglich zumute, und sie errötete aufs neue.

Und wiederum sah sie seinen prüfenden Blick auf sich gerichtet. Diesmal schüttelte er sogar den Kopf.

»Ist das heiß hier,« sagte er dann, knüpfte den Pelz auf und zog die Handschuhe ab. Dabei fiel ihm einer von seinen Brillantringen zur Erde. Er bückte sich phlegmatisch.

»Den darf ich nicht verlieren,« sagte er, »er ist ein teures Andenken von der Fürstin ...« Er hielt inne und lächelte eitel.

Sie erschrak. Unmöglich! Sie mußte sich verhört haben.

Er drehte den Ring langsam an den Gelenken hinunter und beäugelte auch die anderen.

»Sehen Sie diesen hier –« sagte er. Sie unterbrach ihn hastig; vielleicht hätte sie sonst ein interessantes Seitenstück zu der Karl Moorschen Erzählung von den vier Ringen zu hören bekommen.

»Kennen Sie unsere Galerie bereits?« fragte sie.

»Nein,« erwiderte er und hielt die Hand vor den Mund, wie um ein Gähnen zu unterdrücken.

»Es ist mir tief schmerzlich, meine teuerste Frau,« fuhr er nachlässig fort; aber *was* ihm tief schmerzlich war, sollte sie nie erfahren, denn plötzlich hielt er inne und griff mit der Hand nach seiner Kehle, wobei zwei gurgelnde Töne zum Vorschein kamen.

»Oh – ich bin wieder belegt,« sagte er dann, »und heute soll ich singen. Dieser Temperaturwechsel – ich muß machen, daß ich fortkomme, sonst werde ich stockheiser.«

Darauf erhob er sich und langte mit seiner Rechten in die weite Tasche seines Pelzes, aus der er einen weißen, viereckigen Karton hervorzog, der mit einer rosaseidenen Schnur umwunden war. Einen Augenblick zögerte er – noch einmal jener zweifelnde Blick, – dann, wie sich zu raschem Entschlusse aufraffend, flüsterte er mit vielsagendem Lächeln: »Und hier ist, was Sie wünschten.«

Mechanisch nahm sie das Päckchen an sich. Sie wagte kaum mehr sich zu rühren, so unheimlich war ihr zumute.

Er ergriff zum Abschied ihre Hand.

»Wie gern möchte ich Sie auf die Stirn küssen, mein geliebtes Kind,« flüsterte er.

»Um Gottes willen!« schrie sie auf.

»Aber es sind Leute da,« fuhr er mit ruhigem Lächeln fort. »Auf Wiedersehen heut in der Oper – nicht wahr?«

Damit eilte er hinaus.

Wie versteinert starrte sie ihm nach. »Warum behandelte er mich so?« stammelte sie. Wie gern hätte sie sich beglückt gefühlt, aber das Weinen war ihr nah. Vollends betäubt schlich sie nach Hause.

Dort öffnete sie das Kästchen.

Berauschender Blumenduft stieg daraus empor. Obenauf fiel ihr ein Zettel ins Auge, auf dem die Worte standen?: »Ewige Erinnerung an die Stunde des Glücks.«

Und unter dem Zettel, auf dunkelroten Rosen gebettet, lag statt des Fächers – – – ein Hausschlüssel.

Fröhliche Leut'

Der Weihnachtsbaum, der in der Ecke stand, neigte sich bedenklich nach vorne, weil man diejenige Seite, die sich den Wänden zukehrte und die deshalb schwer zu erreichen war, nicht so reichlich behängt hatte, daß sie den schatzbeladenen Zweigen der vorderen Hälfte das Gleichgewicht hätte halten können.

Papa bemerkte es und schalt. »Was würde Mama sagen, wenn sie das sähe? Du weißt, Brigit, daß Mama solche Nachlässigkeit nicht liebt. Wenn der Baum uns umfällt, müssen wir uns die Augen aus dem Kopfe schämen.«

Und Brigit wurde feuerrot, kletterte noch einmal auf die Stehleiter und befestigte, die Arme weit hinüberreckend, allerhand, was sie gerade noch erraffen konnte, auf der Wandseite, die sie, weil daran doch nichts zu sehen war, in der Tat ein wenig stiefmütterlich bedacht hatte.

Und dann erst konnten die Lichter angezündet werden.

»Nun wollen wir auch noch die Geschenke durchsehen,« sagte Papa. »Welcher ist Mamas Teller?«

Brigit zeigte ihn.

Diesmal war Papa zufrieden. »Gut, daß du so viel Marzipan daraufgelegt hast,« sagte er, »denn sie muß ja immer was zum Verschenken haben,« und dann prüfte er das schöne, blanke Safetyschloß, das daneben lag, und ließ die Finger liebkosend über die harten Fächer der Chamäropspalme gleiten, die Mamas Bescherungsplatz überschattete.

»Das Blumenglas hast du ihr gemalt?« fragte er.

Brigit bejahte. »Es ist ausschließlich für Rosen,« sagte sie, »und die Farben sind eingebrannt und ganz und gar wetterbeständig.«

»Was die Jungens ihr gemacht haben,« meinte Papa, »können sie ihr ja dann selber bringen. Mamas Geschenke hast du auch hingelegt?«

Gewiß hatte sie sie hingelegt. Für Fritz ein Fischnetz mit Holzgabeln zum Aufhängen und ein zehnklingiges Universalmesser, – für

Artur eine Hobelbank mit Trittbrett und auswechselbaren Eisen und außerdem noch ein hochbordiges Hansaschiff mit einem goldhaarigen Meerweib als Gallionfigur.

»Das Meerweib wird Effekt machen,« sagte Papa und lachte.

Brigit hatte noch etwas auf dem Herzen. Sie steckte die kleinen, festen Arbeitshände unter den Schürzenlatz, der sich über der noch flachen Brust ein wenig sackte, und wippte auf den Absätzen hin und her.

»Ich will's dir nur gleich verraten,« sagte sie; »dir schenkt sie auch etwas.«

Papa wurde sehr hellhörig. »Was denn?« fragte er und revidierte seinen Bescherungsplatz, auf dem sich jedoch neben Brigits Handarbeit – über die hatten sie schon gesprochen – nichts Bemerkenswertes vorfand.

Brigit lief eiligst zu der entgegengesetzten Ecke des Saales und zog unter dem Klavier einen etwa zwei Fuß hohen, in Papier gehüllten Kasten hervor, der sich für seine Größe merkwürdig leicht in die Höhe heben ließ.

Und als die Papierbogen gefallen waren, kam ein Holzkäfig mit einem großen, bunten Vogel zum Vorschein, dessen Gefieder schillerte, als hätten Himmelblau und Sonnengold sich darinnen gefangen.

»Eine Mandelkrähe!« rief Papa, die Hände zusammenschlagend, und um seinen Mund zuckte die Freude. »So ein seltener Vogel! Und den schenkt sie mir?«

»Ja,« sagte Brigit. »Er hing im Herbst eines Morgens in der Drosselschlinge. Der Magazinverwalter hat ihn so lange aufbewahrt. Und weil er so schön und sozusagen eine Art von Paradiesvogel ist, darum schenkt sie ihn dir.«

Papa streichelte ihren Blondkopf, und sie war wieder rot bis an die Haarwurzeln.

»So, und nun wollen wir die Jungens rufen,« sagte er.

»Erst laß mich die Schürze ablegen,« rief sie, nestelte die Stecknadeln los und warf das häßliche schwarze Ding unter das Klavier, wo vorhin der Vogelkäfig seinen Platz gehabt hatte.

Nun stand sie in ihrem weißen, blauschleifigen Einsegnungskleide da und machte ein liebliches Schnäuzchen.

»Du hast recht daran getan,« sagte Papa. »Mama liebt die dunklen Farben nun einmal nicht ... Alles soll licht und froh sein um sie herum.«

Und dann durften die Jungen hereinkommen.

Sie hielten die Prunkbogen ihrer Weihnachtsgedichte ängstlich in beiden Händen und scheuerten sich an den Türpfosten.

»Munter, munter!« sagte Papa, oder glaubt ihr, euch wird heute der Kopf abgerissen?«

Und dann nahm er sie in beide Arme und knutschte sie ein wenig, so daß Arturs Gedichtbogen von rechts oben nach links unten einen Knick bekam.

Das war nun freilich ein Malheur, aber Papa tröstete, er wolle es schon verantworten, er sei ja selber schuld daran.

Herr Brüggemann, der lange Hauslehrer, steckte nun auch die Nase herein. Er hatte den feierlichen Predigtrock an, nickte vor sich hin wie ein Begräbnisgast und sagte mit einem kleinen Schnüffeln durch die Nase dreimal nacheinander: »Ja, ja ... Ja, ja ... Ja, ja.«

»Was seufzen Sie denn so gottsjämmerlich, Sie alte Tränenweide?« lachte Papa. »Hier sind wir fröhliche Leute! Was, Brigit?«

»Natürlich sind wir das,« lachte Brigit zurück, »und hier, Herr Kandidat, ist auch Ihr Weihnachtsteller.«

Und sie führte ihn zu seinem Platze, wo ein kleines kalbledernes Portemonnaie verschämt unter den Pfefferkuchen hervorsah.

»Dies schenkt Ihnen Mama,« fuhr sie fort und reichte ihm ein schwarzes, flaches Buch mit dickem Goldschnitte; »es sind ›Die drei Wege zum Frieden‹, die Sie doch immer so geliebt haben.«

Der Kandidat zerdrückte ein Tränlein der Rührung, aber bald darauf schielte er wieder nach dem kleinen Portemonnaie hinüber.

Dieses war der vierte Weg zum Frieden, denn er hatte alte Kneipschulden.

Auch die Hausbeamten durften nun hereinkommen. Voran Frau Pönsgen, die Wirtschafterin, die mit ihren krummen, rissigen Händen einen Porzellantopf mit Alpenveilchen trug.

»Das ist für Mamachen,« sagte sie zu Brigit, und Brigit nahm ihr den Topf aus der Hand und führte auch sie zu ihrem Teller. Da gab es viele gute Sachen, unter anderen ein gestricktes, braunes Leibchen, wie sie es sich schon lange gewünscht hatte, denn in der Küche blies von Osten her durch die Fensterritzen ein böser Zugwind.

Frau Pönsgen sah es ebenso rasch, wie Herr Brüggemann sein Portemonnaie gesehen hatte. Und als Brigit sagte: »Das ist natürlich von Mama,« da wunderte sie sich nicht im mindesten. Sie wußte aus ihrer fünfzehnjährigen Dienstzeit: das Beste kam immer von Mama.

Die beiden Jungen wollten inzwischen ihre Herzenslast los sein und standen um Papa herum, um ihm ihre Gedichte aufzusagen.

Er, der mit den Inspektoren zu tun hatte, beachtete sie vorerst nicht, dann aber wurde er sich über seine Versäumnis klar und nahm ihnen lachend und bedauernd die Bogen aus den Händen.

Fritz stellte sich in Positur, und Papa tat desgleichen, aber als er die Überschrift gelesen hatte: »Seinen lieben Eltern zum Weihnachtsfeste,« besann er sich eines Besseren und sagte: »Das wollen wir lieber bis nachher lassen, wenn wir bei Mama sind.«

Nun durften die Jungen gleich zu ihren Weihnachtstellern gehen. Und da ihre Freude sich noch in seligem Erstarren barg, trat Papa hinter sie, schüttelte sie im Genick und sagte: »Werdet ihr wohl fröhlich sein, ihr Banditen ... Was soll Mama denken, wenn ihr nicht fröhlich seid?«

Da löste sich der Bann, unter dem sie sich bisher befunden hatten. Fritz hängte das Schleppnetz auf die Gabeln, und als Artur auf seinem Schiffe gar noch eine »Barkasse« und eine »Pinasse« entdeckt hatte, da schlug das Gefühl unermeßlichen Reichtums in hellem Jubel über ihnen zusammen.

Wie das nun aber so geht. Kaum hatten sie alle ihre Herrlichkeiten durchstöbert, da lenkte sich ihr Begehren auch auf das, was ihnen nicht gehörte.

Artur hatte das schöne blanke Schloß entdeckt, das zwischen Mamas und seinem eigenen Teller lag. Wem es zukam, blieb ungewiß. Ein ziemlich sicheres Gefühl sagte ihm zwar, daß er nichts damit zu schaffen hätte, aber anderseits: was sollte Mama mit so einem Sicherheitsschloß anfangen, das übrigens, wenn man sich nicht sehr irrte, von einem Bramahmodell herstammte? Oh! Man war nicht umsonst im tiefsten Innern Mechanikus mit Leidenschaft und von Beruf.

Nun kam als zweiter Sachverständiger Fritz herzu. Der wieder hielt es für ein kombiniertes Chubbschloß. Was natürlich ein haarsträubender Unsinn war. Aber Fritz redete ja manchmal ins Blaue hinein.

Wie dem auch sein mochte, dieses Schloß war entschieden von allem das Schönste. Und wenn man den Schlüssel zurückschnappen ließ, dann gab es einen leisen, langsam verklingenden Ton, als säße in dem stählernen Leibe ein Geist, der die Harfe schlug.

Schnapp – ting! Schnapp – ting!

Aber da kam auch schon Papa und machte der Freude ein Ende. »Was fällt euch ein, ihr Schlingel?« schalt er scherzend. »Anstatt der armen Mama etwas zu Weihnachten zu schenken, nehmt ihr ihr noch das bißchen weg, was sie bekommen hat.«

Da schämten sie sich nicht schlecht. Und Artur meinte verlegen: sie hätten selbstverständlich was für Mama, aber sie hätten es draußen im Korridor gelassen, um es gleich mitzunehmen, wenn man zu ihr ginge.

»Holt es nur immer herein,« sagte Papa, »damit es um ihren Teller herum nicht so mager aussieht.«

Sie liefen eilig hinaus und brachten ihre Geschenke getragen.

Fritz hatte für sie eine Blumentopfmanschette gesägt, aus sechs Teilen bestehend, jeder mit dem anderen durch kunstvolle Scharniere verbunden. Aber das bedeutete gar nichts, verglichen mit Arturs Luftfenster, das aus Roßhaarsträhnen sorgsam geflochten war und sich zum äußeren Rahmen in jeden beliebigen Winkel stellen ließ.

Papa freute sich sehr. »Nun können wir uns schon allenfalls vor ihr sehen lassen,« meinte er. Und dann erklärte er ihnen auch den Mechanismus des Schlosses, und daß es den Zweck habe, die Blumen der lieben Mama in bessere Hut zu nehmen, denn schon öfters seien von ihren Lieblingsrosen einige weggekommen, was sich nur durch Anwendung von Nachschlüsseln erklären ließe.

»So – und nun wollen wir endlich zu ihr gehen,« schloß er. »Sie wird schon lange auf uns warten. Und fröhlich wollen wir dabei sein! Denn Fröhlichsein ist die Hauptsache, sagt Mama ... Hol uns die Schlüssel, Brigit, zum Gitter und zur Kapelle.«

Und Brigit holte die Schlüssel zum Gitter und zur Kapelle.

Thea.

Phantasien über einem Teetopf

1

Sie ist eine Fee und ist auch keine ... Doch meine Fee ist sie gewiß. –

Nur wenige Male während meines Lebens ist sie mir erschienen in Augenblicken, da ich sie am wenigsten erwartete. –

Wenn ich sie halten wollte, war sie verschwunden.

Und dennoch hat sie oft in meiner Nähe geweilt. Ich fühlte sie im Hauch des Winterwindes, der über die sonnigen Schneefelder dahinstrich – ich atmete sie im Reif der Morgenfrühe, der glitzernd meinen Bart bedeckte – ich sah den Schatten ihres Leibes riesengroß über den dunstig schwarzen Winterhimmel gleiten, der friedlich wie die Hoffnungslosigkeit über der nachmittäglichen Dämmerung der glanzlos weißen Gefilde hing – ich hörte das Wispern ihrer Stimme in den Tiefen des glitzernden Kessels, den die bläuliche Spiritusflamme wie ein Kranz von Irrlichtern umtanzte. –

Aber von den wenigen Malen, da sie leibhaftig vor mir stand – immer wechselnd an Gestalt und dennoch stets dieselbe – mein Schicksal, meine Zukunft, wie sie werden sollte und nicht ward, meine Angst und meine Zuversicht, mein guter und mein böser Stern – von diesen Malen will ich euch erzählen.

2

Es war vor vielen, vielen Jahren an einem Spätabend zur Epiphaniaszeit.

Draußen wirbelte der Schnee. – Wie endlose Mottenschwärme kamen die Flocken an die Fensterscheiben geflattert, stießen lautlos gegen das Glas und glitten dann senkrecht, als hätten sie beim Anprall ihr Flügelpaar zerbrochen, zur Erde nieder.

Die Lampe, die alte Augenverderberin, mit dem blanken Messingfuße und dem grünen, ausgefransten Schirme, stand auf dem Tische. Das Öl in ihrem Leibe gurgelte in ehrbarer Pflichterfüllung.

– Auf ihrem Dochte sammelten sich die Schlacken, wie ein ausgebrannter Scheiterhaufen anzusehn, über dem ein müdes Feuer in sich zusammenkriecht.

Drüben in dem zerschlissenen Polsterstuhle war meine Mutter gemächlich eingenickt. Der Strickstrumpf, halb ihren Händen entglitten, lag auf der blaugeblümten Schürze. – Der Wollenfaden schnitt eine tiefe Furche in die geborstene Haut ihres Zeigefingers. – Eine der Nadeln wippte in kühnen Schwingungen hinter dem Ohre.

Der Samowar mit dem runden Bauche und dem blitzblanken Schornstein war auf dem Nebentische stehengeblieben. – Von Zeit zu Zeit wirbelte eine kleine, blaßbläuliche Dampfwolke von ihm empor, und ein zarter Holzkohlendunst umspielte kitzelnd meine Nase.

Vor mir aufgeschlagen lag des feinen Sallust Catilinarische Verschwörung. Aber was ging Sallust mich an? Dort steht er schon bereit – drüben auf dem Bücherbrette lachend und lockend in seinem goldgeschmückten Gewände, er, »Münchhausen«, der erste Roman meines Lebens.

Noch zehn Zeilen, dann war ich frei. – Ich wühlte die beiden Fäuste in die Hosentaschen hinein, denn mich fror. Noch zehn Zeilen! –

Sehnsüchtig starrte ich meinem Freunde entgegen.

Und siehe da! Was die Stümperkunst des Buchbinders geschaffen hatte – plumpe Arabesken von Weinblättern, die sich um geborstene Säulen ranken, eine aufgehende Sonne in der Mitte mit einem Spinnennetz von Strahlen ringsherum, – es beginnt plötzlich sich auszudehnen in Höhe und Breite, bis es das ganze Zimmer erfüllt. – Die Weinblätter schütteln sich im Morgenwinde, ein leises Rieseln läßt die Säulen erbeben, und höher und höher steigt die Sonne vom Boden empor. – Als ein Reigen tanzender Fackeln schießen ihre Strahlen durcheinander, ihre flimmernden Arme strecken sich, als wollten sie die Welt erfassen und an sich ziehn, sie im Sonnenschoße zu begraben. – Und ein Brausen erhebt sich in den Lüften, dumpf und atemholend wie ferner Orgelklang, es schwillt zum Drommetengetön, grell aufzuckendes Zymbalklingen mischt sich darein – –

Da springt der Sonnenleib weit auf – eine Flamme in bläulichem Phosphorglanze zischt heraus, und auf dieser Flamme steht hochaufgerichtet mit fliegendem Chiton ein weißes, goldhaariges Weib, Schwanenflügel im Nacken, eine Harfe in der Hand. – –

Wie sie mich sieht, lacht sie hell auf. Töricht, kindisch, ungezogen klingt dies Lachen, und wahrlich! ein Kindermund ist es, dem es entquillt. In herausfordernder Tollheit gucken die blauen Unschuldsaugen mich an. Die prallen Wangen erglühen in kecker Lebensfreude. – Alle guten Geister, wie kommt dieser Kindskopf auf solchen Götterleib? – Nun wirft sie die Harfe auf die Wolken, hockt auf den Saiten nieder, putzt sich mit dem linken Flügel behende das Näschen und ruft mir zu: »Komm, schlittre mich!« –

Mit offenem Munde starr' ich sie an. Dann raff ich all meinen Mut zusammen und stammle: »Wer bist du?«

»Ich heiße Thea,« kichert sie.

»Und wer bist du?« frag' ich noch einmal.

»Wer ich –? – Ach, dummes Zeug! – Komm, schlittre mich – oder nein, du kannst ja nicht fliegen – ich werde dich schlittern – das geht schneller.«

Und sie erhebt sich. Herr des Himmels, welche Gestalt! Wie stolz die Hüften sich wölben über dem lässig gesunkenen Gürtel, wie edel Hals und Busen sich vermählen, in Linien, wie sie nie ein Künstler zu erfassen vermocht.

Sie aber ergreift mit ihren schlanken Fingern das blaue, goldgewirkte Band, das den Hals der Harfe umschlingt, und macht eine Gebärde, als stelle sie sich zum Ziehen bereit vor einen Schlitten.

»Komm!« ruft sie noch einmal.

Ich wage nicht, zu widerstehn. Linkisch hock' ich auf den Saiten nieder.

»Ich – werd' sie – durchtreten!« stammle ich.

»Du Knirps!« lacht sie. »Was glaubst du wohl, wie leicht du bist! – Und nun halt dich fest...«

Kaum hab' ich Zeit, mit beiden Händen das goldene Geländer zu umklammern, da hör' ich dicht vor mir ein Rauschen. – Die mächtigen Flügel falten sich auseinander, mein Schlitten schwebt und schwankt in den Lüften – und vorwärts – aufwärts geht's in sausendem Fluge.

Schon liegt tief unter mir die Elternhütte. – Kaum, daß ihr Licht den Weg zu meinen Höhen findet. – Flockengewirbel umkreist meine Stirn. – Im nächsten Augenblicke ist es verschwunden. – Morgenrot bricht durch die Nacht. – Ein warmer Wind streicht mir entgegen und weht durch die Saiten, daß sie leise zittern und klagen wie ein schlafendes Kind, an dessen Seele ein Traum von Verlassensein vorüberzieht.

»Schau hinab!« ruft meine Fee, ihr lachendes Köpfchen zu mir wendend.

Da seh' ich, in Frühlingsglanz gebadet, einen weiten Teppich von Wäldern und Hügeln, von Matten und Seen endlos unter mir ausgebreitet. – Grünsilbern leuchtet's zu mir empor – kaum daß mein Blick die Fülle der Wunder zu ertragen vermag. –

»Es ist ja Frühling geworden!« sag' ich bebend.

»Willst du hinunter?« fragt sie.

»Ja, ja!«

Da gleiten wir auch schon hinab. –

»Rate, was das ist!« sagt sie. –

Ein altes, halbverfallenes Schloß hebt seine granitnen Mauern hoch vor mir empor ... Tausendjähriger Efeu wölbt sich über den Giebeln ... Schwarzweiße Schwalben schießen längs den Dächern dahin ... Ringsherum erhebt sich in lieblichem Dickicht blühender Weißdorn, um wehende Spiräenbüschel geschlungen ... Wilde Rosen tauchen aus dem Dunkel empor, fromm leuchtend wie Kinderaugen, und schlaftrunken läßt ein Holunderbaum seine Zweige auf sie niedersinken. – –

Am Rande der alten Terrasse, dort wo in zerbrochenen Urnen breitblätterige Kletten wuchern, wird es lebendig. Eine Mädchengestalt, schlank und biegsam, einen großen altmodischen Strohhut auf dem Haupte, ein Flortüchlein kreuzweise um Hals und Hüfte geschlungen, ist aus dem morschen, eisenbeschlagenen Tore getreten. Sie trägt ein weißes Bündelchen unter dem Arme und schaut prüfend nach rechts und links, wie einer, der auf die Wanderschaft will. –

»Sieh sie dir an,« sagt meine Freundin. –

Da fällt es wie Schuppen von meinen Augen.

»Das ist Lisbeth!« juble ich auf, »die nach dem Oberhofe geht.« –

Und kaum hab' ich den Oberhof genannt, da dringt es lieblich wie Bratenduft in meine Nase. – Rauchwolken wälzen sich mir entgegen, trübe Flammen zucken daraus empor. Da brätelt's und da kocht's, und hochauf spritzt das siedende Fett! Wunder auch! Man will ja Hochzeit feiern.

»Möchtest du auch das Richtschwert sehn?« fragt meine Freundin.

Ein geheimnisvoller Schauder rinnt mir über den Leib. – »Ich möcht' schon,« sag' ich, ängstlich. –

Ein Husch – ein leises Klirren – und eine enge, kahle Kammer hat sich um uns geschlossen ... Nun ist es wieder Nacht, und auf den grauen Bretterwänden tanzen die Mondlichter.

»Schau her,« flüstert meine Freundin und weist auf eine plumpe, alte Truhe.

Ihr lachendes Gesicht ist streng und feierlich geworden. Ihr Leib scheint noch zu wachsen. Hehr und herrlich, eine Richterin, steht sie vor mir.

Ich recke den Hals, ich schiele in die Truhe. –

Da liegt es – leuchtend und still, das alte Schwert. Ein Mondenstrahl gleitet an der Schneide entlang – eine lange, starre Linie ziehend. Doch was bedeuten die dunklen Flecke, die sich wie Höhlen in das glatte Metall hineingefressen haben? –

»Das ist Blut,« sagt meine Freundin und kreuzt die Arme über der Brust. –

Mich fröstelt's, aber meine Blicke sind wie festgewachsen an dem schreckensvollen Gebilde.

»Komm,« sagt Thea.

»Ich kann nicht!«

»Willst du's haben?«

»Wie – das Schwert?«

Sie nickt.

»Aber darfst du's denn verschenken? Gehört es dir?«

»Ich darf alles, und mir gehört alles.«

Das Grauen packt mich mit eisiger Faust. Aber ich kann nicht anders: »Gib's mir!« ruf' ich schaudernd.

Der eherne Blitz zuckt empor und legt sich kalt und feucht in meine Arme. Mir ist, als begänne das Blut daran aufs neue zu fließen. –

Meine Arme erstarren, das Schwert entsinkt ihnen und fällt auf die Saiten nieder. Die fangen winselnd zu klirren an. – Fast wie Angstschreie klingt ihr Getön. –

»Nimm dich in acht!« ruft meine Freundin; »das Schwert kann sie zerreißen. – Das ist schwerer als du!« –

Wir stiegen in die Mondnacht hinaus. Doch geht es lange nicht mehr so schnell wie kurz vorher. Meine Freundin keucht, und die Harfe schwankt auf und nieder wie ein Papierdrache, wenn er in Gefahr ist, umzuschlagen. –

Aber ich achte nicht darauf. Denn etwas sehr Drolliges nimmt meine Sinne gefangen.

An dem Monde, der als goldene Scheibe zwischen Wolkeninseln daherschwimmt, ist etwas lebendig geworden. Etwas Schwarzes, Zwiegespaltenes zappelt an seiner unteren Seite hin und her. Ich sehe schärfer zu und entdecke ein Paar besporter Reiterstiefel, in denen zwei mäßig gerade, dünne Beine stecken. Das Reitleder auf ihrer Innenseite ist alt und abgescheuert und schimmert in stumpfem, mißfarbenem Glanze.

»Seit wann marschiert der Mond auf zwei Beinen durch die Welt?« frag' ich mich und fange zu lachen an.

Und plötzlich erscheint auf der entgegengesetzten Seite ebenfalls etwas Schwarzes – das wackelt drollig nach rechts und nach links. – Ich strenge mein Auge an und erkenne – erkenne meines alten

Freundes Münchhausen verzwickten Schnauz- und Knebelbart. – Er hat mit seinen langen, dürren Fingern die Kanten der Mondscheibe umklammert und lacht, lacht, daß ihm schier der Atem auszugehen droht. –

»Ich will hinauf,« ruf' ich meiner Freundin zu. –

Sie wendet sich um. Ihr Kinderantlitz hat sich nun vollends in ernste Madonnenzüge gewandelt. Um Jahre scheint sie gealtert. – – Wie Klänge von geborstenen Glocken hallen die Worte mir ans Ohr: »Wer ein Richtschwert bei sich trägt, kann nicht zum Monde hinauf.«

Mein Knabentrotz empört sich. »Ich will aber zu meinem Freunde Münchhausen.«

»Wer ein Richtschwert bei sich trägt, hat keinen Freund.«

Ich springe auf, will an der Leine zerren – da schlägt die Harfe um – ich stürz' ins Leere – das Richtschwert über mich – senkrecht bohrt es sich in meinen Leib – ich stürze – ich stürze –

»Ja doch,« sagt meine Mutter. »Warum rufst du so ängstlich? Ich wache ja schon!« Und ruhevoll nimmt sie die Stricknadel hinter dem Ohre fort, sticht sie in den Knäuel und wickelt den angefangenen Strumpf gemächlich drum herum – – –

3.

Sechs Jahre vergingen – dann begegnete mir Thea wieder. Diesmal war sie so gnädig gewesen, ihre Heimat Avalun zu verlassen, um auf dem Theater der Universitätsstadt, in der ich studienhalber soff und paukte, das Fach der Naiven zu übernehmen.

Auf ihren roten Pantöffelchen hüpfte sie nach Bachstelzenart über die Bretter – sie ließ die kurzen Mullfähnchen in den verwegensten Schwenkungen um sich herumwehen – sie trug schwarzseidene Zwickelstrümpfe, die sich über dem zarten Knöchel in einer höchst angenehmen Bogenlinie schwellten und unter dem Knie in dem gefältelten Rocksaum ein allzu frühes Ende nahmen, – sie drehte sich zwei dralle Backfischzöpfe, an deren blauen Seidenschleifen sie zu kauen liebte, wenn die ihrem Fache angemessene Schüchternheit sie übermannte – sie sog an den Fingern, sie streckte die Zunge aus, sie quiekte, miaute, rümpfte die Nase – und wie sie erst lachte! – Es war jenes süße, gezierte, lasterhafte Soubrettenlachen, das mit einer Tonleiter beginnt und in einem Turteltaubengurren endet. –

Den will ich sehn unter uns, den sie mit all den hergebrachten Mätzchen ihres Faches nicht in einen Zustand verliebten Wahnsinns versetzt hätte ... Den will ich kennen, der in den Tiefen seiner Kollegienmappe nicht ein halbes Dutzend glutvoller Oden vergraben hatte, vergraben wie den gigantischen Schmerz in seiner Heldenseele. –

Und eines Nachmittags erschien sie plötzlich auf der Schlittschuhbahn. – Sie trug eine glänzende Plüschjoppe, mit Sealskin besäumt, und eine Tschapka, die keck auf dem linken Ohre saß. – In dem rotblonden Wirrhaar, das ihre Wangen umrahmte, hatte sich der Reif wie ein Demantstaub festgesetzt, und an dem geröteten Näschen, das unwirsch in der Kälte schnupperte, hing ein lichtes Tröpflein. –

Nachdem sie dem Schlittschuhschnaller eine kleine Szene gemacht hatte, in der die Kosenamen »Trottel« und »Fratz« ihren süßen Lippen entflohen, hub sie zu laufen an. – Ein Kind, das allzu früh dem Gängelbande entlassen wurde, kann es besser. –

Wir dummen Jungen standen dösig umher und glotzten sie an. – In uns schwoll die Gier, ihr zu helfen, zur Raserei empor, aber als sie mit einem Schmollmäulchen hilfesuchend die Arme nach uns ausstreckte, wichen wir zurück wie vor dem bösen Feinde. Nicht einer fand den Mut, das unerhörte, übermenschliche Glück, nach dem ihn hungerte seit Monaten bei Tag und bei Nacht, schlichtweg in Empfang zu nehmen. –

Und dann plötzlich – bei einer furchtsamen Schwenkung – verhakte sie sich, stolperte, kippte erst nach vorne und hierauf nach hinten über und sank zu guter Letzt dem Schüchternsten und Verliebtesten von dieser Bande geradeswegs in die Arme.

Und der war ich!

Ja, der war ich! Noch heute ballen sich mir die Fäuste vor Wut, wenn ich bedenke, es hätte ein anderer sein können.

Von denen, die zurückblieben, als ich sie im Triumph von hinnen führte, war nicht ein einziger, der mich nicht kalt lächelnd hätte ermorden mögen.

Unter der Wucht der Worte, die sie lächelnd an mich Unwürdigen verschwendete, schlug ich stumm und errötend die Augen nieder. Dann lehrte ich sie die Füße setzen und produzierte mich selbst in meinen kühnsten Bogen; auch erzählte ich ihr, daß ich Student im zweiten Semester sei, und während die Glut mir aufs neue in die Wangen schoß, fügte ich flüsternd hinzu, daß ich ein Dichter werden wolle. –

»Ach, wie nett!« rief sie aus. »Sie dichten gewiß auch jetzt schon?«

Das täte ich freilich. Ich hätte sogar ein Drama unter der Feder, das die Schicksale des Troubadours Bernard de Ventadour freirhythmisch behandelte. –

»Ist da auch für mich eine Rolle drin?« fragte sie.

»Nein,« erwiderte ich. »Aber das schadet nichts. Ich mache eine 'rein.«

»O wie lieb von Ihnen!« rief sie. »Und wissen Sie was? Das müssen Sie mir vorlesen. Ich kann Ihnen dann mit meiner Bühnenerfahrung zur Seite stehn.«

Eine Woge von Glück, unter der ich zu ersticken drohte, ergoß sich über mich.

»Ich habe auch – an Sie – Gedichte – gemacht,« stammelte ich, von jener Woge fortgerissen.

»Guck mal da!« sagte sie ganz freundlich, anstatt mich zu ohrfeigen. »Die müssen Sie mir schicken.«

»Sehr wohl« …

Und dann geleitete ich sie bis vor ihre Tür, während in angemessener Entfernung wie ein Rudel Wölfe meine Freunde hinter uns herstrichen. – –

Die erste Hälfte der Nacht brachte ich äugelnd vor ihrem Fenster, die zweite Hälfte dichtend an meinem Tische zu, denn ich wollte die Sammlung rasch noch um einige Perlen vermehren. – Mit Morgengrauen schob ich das Kuvert, das prall war wie eine Trommel, in den Postkasten, dann führte ich meinen brennenden Kopf auf den Wällen spazieren.

Am Nachmittage kam ein veilchenfarbenes Briefchen, das sehr erregend duftete und statt des Siegels eine von einer Fackel durchbohrte goldene Lyra trug. – Es enthielt folgende Zeilen:

»Lieber Dichtersmann!

Ihre Verse sind gar nicht so übel, nur etwas zu feurig. – Ich möchte nun ganz eilig auch das Drama hören. Meine alte Duenna geht heute abend aus. Ich werde allein zu Hause sein und mich langweilen. Drum kommen Sie um sieben Uhr zum Tee. Aber Ihr Ehrenwort, daß Sie's niemandem verraten, sonst hat Sie nicht mehr ein klein wenig lieb

Ihre Thea.«

So hatte sie geschrieben, ich kann's beschwören, sie, meine Fee, meine Muse, meine Egeria, sie, zu der ich anbetend emporschauen wollte bis zu meinem letzten Atemzug.

Ich revidierte und korrigierte und rezitierte rasch einige Szenen meines Dramas, ich strich ein halbes Dutzend überflüssiger Personen und erfand ein neues Dutzend hinzu.

Um halb sieben machte ich mich auf den Weg. – Milchiger Eisdunst lag in der. Luft. Vor jedem der mir Begegnenden flutete eine Wolke gefrierenden Atems daher.

An einem Blumenladen blieb ich stehn.

Alle Schätze der Maienzeit lagen dort ausgebreitet auf der schwarzsamtnen Terrasse. Da waren Veilchenbeete und Maiglöckchenbüsche, da war auch ein Strauß langgestielter Teerosen, lässig von einem violetten Seidenbande zusammengehalten.

Ich seufze laut auf – ich weiß schon warum.

Und dann zähl' ich meine Barschaft: Acht Mark und siebzig Pfennige. – Sieben Biermarken dazu, aber die stehen ja leider nur im Bereiche meiner Kneipe in gutem Kurse – fünfzehn Pfennige das Stück.

Endlich fass' ich mir ein Herz und trete in den Laden.

»Was kostet der Rosenstrauß dort?« flüstere ich, denn laut zu reden wag' ich nicht, teils aus Schüchternheit, teils des Geheimnisses wegen.

»Zehn Mark,« sagt die dicke alte Verkäuferin, läßt die Stechpalmblätter, die sie auf dem Schoße hält, gemächlich in eine irdene Schüssel sinken und schickt sich an, den Strauß aus dem Fenster zu holen. –

Ich werde blaß vor Schrecken. Mein erster Gedanke ist: Lauf zur Kneipe und such die Marken in bar Geld zu wechseln, denn zu pumpen gibt's heute nichts, zwei Tage vor dem Ersten.

Da holt es vom Turm her dumpf zum Schlage aus.

»Kann ich ihn nicht etwas billiger haben?« stammle ich mit halberstickter Stimme.

»Nanu – auch noch!« sagt sie beleidigt. »Es sind zehn Rosen drinne – die kosten jetzt eine Mark das Stück. Das Seidenband is schon gar nicht gerechnet.«

Ich will trostlos den Laden verlassen, aber die alte Verkäuferin, die ihre Kunden kennt und hinter meinem Stammeln und meinem Flüstern schon längst den Liebesroman hat hervorgucken sehn, fühlt ein menschliches Rühren.

»Man kann ja 'n paar von de Rosen 'rausnehmen,« sagt sie. »Wieviel möchten Sie denn schließlich dranwenden, junger Herr?«

»Acht Mark und siebzig Pfennige,« will ich Unbedachter antworten, da fällt mir zur rechten Zeit noch ein, daß ich ja ein Trinkgeld für ihre Zofe – Damen vom Theater haben zur Bedienung immer Zofen – übrigbehalten muß, falls die mich später zur Tür herausläßt. – »Sieben Mark,« erwidere ich drum.

Mit ruhiger Würde nimmt sie vier von den Rosen heraus, und ich, demütig und eingeschüchtert, wage nicht, mich zu wehren. –

Aber mein Strauß ist noch immer üppig und voll, und ich darf mir sagen, daß ein werbender Prinz keinen schöneren zu spenden vermöchte.

Fünf Minuten nach sieben steh' ich vor ihrer Tür.

Daß mir der Atem stockt, daß ich nicht wage anzuklopfen, daß der Rosenstrauß meinen zitternden Händen zu entsinken droht, das brauch' ich nicht zu erzählen, das ist jedem selbstverständlich, der in seiner Jugend jemals mit Feen von Theas Art zu tun hatte.

Wie ich dennoch in ihr Zimmer gekommen bin, ist mir bis heutigestags unklar geblieben, aber schon seh' ich sie mir lachend entgegeneilen und ihr Antlitz ohne weiteres in dem Blumenschwall vergraben.

»Oh, Sie Verschwender!« ruft sie und reißt mir den Strauß aus der Hand, um damit vor dem Spiegel auf- und niederzutänzeln. Und dann nimmt sie plötzlich eine ernsthafte Miene an, und mich an einem Knopfe meines Überrockes näher an sich heranziehend, sagt sie: »So – und zum Lohne dürfen Sie mir einen Kuß geben.«

Ich hör's und fass' es nicht. Mir ist, als wolle mein Herz mir zum Halse emporsteigen, aber dicht vor mir blühen ihre Lippen, und ich bin tapfer und küsse sie.

»Brr,« sagt sie, »Ihr Bart hängt ja ganz voll Reif.«

Mein Bart! Ihr Götter im Himmel habt's gehört! Ganz ernsthaft und würdig hat sie von meinem Bart gesprochen.

In mir erwacht eine unklare Empfindung, so eine Art von Don Juan oder Lovelace[2] zu sein, – mein Selbstbewußtsein nimmt ungeheuerliche Größenverhältnisse an, und mit einem gewissen dämonischen Humor schau' ich kommenden Ereignissen entgegen. –

Der Nebel, der bislang mein Auge umflort hat, verschwindet – ich vermag um mich zu schauen und zu erkennen, wo ich mich befinde. Freilich, das ist eine neue, ungeahnte Welt! – Von der rosigen Seidengaze, die aus den Schnäbeln zweier schwebender Tauben hervor über dem ovalen Toilettenspiegel hängt, bis zu der Reihe süßer, kleiner Schnürstiefelchen, die in der entgegengesetzten Ecke aufpostiert stehen, – von den Bonbonnieren in Atlas, Gold, Spiegelglas, Saffian, Robbenfell, Elfenbein, Porzellan und Olivenholz, die die Kommode zieren, bis zu dem Gewölke von weißen, rätselhaften Röcken, das sich vor die Tür des dunklen Nebenzimmers geschoben

---

2 Lovelace, nach Richardsons Roman »Clarissa Harlowe« ein den Frauen gefährlicher Mann. A. d. H.

hat, schau' ich nichts als Wunder, nichts als Wunder! – Ein herzbeklemmender Duft umwogt mir die Sinne, derselbe Taumelduft, den schon ihr Brief ausatmete. Doch jetzt ist es ihre zarte, zierliche Gestalt in dem blaßgelben rotschleifigen Prinzessinkleide, der er zu entströmen scheint. Als spiele sie den Puck im »Sommernachtstraum«, jene Rolle, in der sie sich zuerst mein Herz zu eigen machte, so gauklerisch und elfenhaft durchtänzelt und durchflattert sie das Zimmer.

Ja doch, sie will den Teetisch besorgen.

»Nun, was stehn Sie so steif da, Sie abscheulicher Mensch? – Vorwärts! – Hier haben Sie ein Tischtuch – hier sind Messer und Gabel – ich will unterdessen den Spiritusbrenner anzünden.« –

Und sie huscht an mir vorbei, nicht ohne mir einen kleinen, spielenden Backenstreich versetzt zu haben, und verschwindet in dem geheimnisvollen dunklen Nebenzimmer. –

Ich will ihr folgen, aber aus der Finsternis hör' ich ihre auflachende Stimme: »Werden Sie wohl dableiben – Sie Topfgucker, Sie!«

Ich bleibe also auf der Schwelle stehn und schmiege meinen Kopf an das bewußte weiße Gewölke. Das ist frisch und kühl und tut meiner glühenden Stirne wohl. –

Gleich darauf seh' ich in dem Dunkel das Licht eines Streichholzes aufblitzen, das für einen Augenblick die fließenden Falten ihres Kleides grell beleuchtet und dann verlischt. – Nur eine schwache, dunkelblaue Flamme ist übriggeblieben. Die züngelt an einem blanken Kesselchen hinan, mit mattem Dämmerschein die Geheimnisse des verbotenen Raumes erhellend. Ich sehe auch dort hellschimmernde Wolken, ich sehe Sträuße und Blätterkränze mit langen, seidig schimmernden Bändern, ich sehe – und dann, plötzlich loht die Flamme hoch empor – –

»Nun ist der Spiritus übergelaufen,« hör' ich die Stimme meiner Freundin, kichernd in Übermut und Schadenfreude. »Das wird ein Feuerwerk werden!«

Und höher und höher steigen die Flammen –

»Komm, spring hinein,« ruft sie mir zu, und anstatt zu löschen gießt sie neuen Spiritus in die auseinanderquellende Lohe.

»Um Gottes willen!« schrei' ich.

»Weißt du nun, was ich bin?« kichert sie. »Eine Hexe bin ich – juch!« –

Und sie löst aufjauchzend ihr rotgoldenes Haar, das nun selber wie eine Flammenglorie sich um sie breitet – sie zeigt mir die weißen, spitzen Zähne, und mit einem jähen Satze springt sie mitten in die Glut hinein, die hell zischend zur Decke hinauffleckt, das ganze Gemach in einen Feuermantel hüllend.

Ich will um Hilfe schreien, aber meine Kehle ist zugeschnürt, ich ringe nach Atem – ich drohe zu ersticken in Dampf und in Flammen.

Noch einmal hör' ich das Kichern, aber jetzt tief unter mir wie aus verborgenen Klüften – die Erde hat sich geöffnet – neue Flammen steigen daraus empor und strecken tausend Arme nach mir aus.

»Komm, komm!« klingt es hell wie Schellenläuten darein – und dann plötzlich wird es Nacht um mich.

Der Spuk ist verschwunden, und arg zerzaust find' ich mich auf der Straße wieder. Neben mir am Boden liegt mein schönes Drama.

»Hast du das nicht vorlesen wollen?« frag' ich mich.

Eine weiche, laue Luft küßt mir das fiebernde Gesicht. Über mich neigt sich ein blühender Fliederbusch, und aus der Ferne, dort, wo das Morgenrot zu leuchten beginnt, tönt helles Lerchengewirbel ...

Ich träume nicht mehr ... Doch ward es Frühling derweilen.

4.

Und wieder gehen Jahre dahin.

Ein Abend war's zur Zeit des Karneval, und die Welt – die Welt, die mit dem Baron beginnt und mit dem Börsenjobber endet – ließ sich vom Vergnügen tragen wie ein Fettauge von der Brühe.

Wer sich nicht am Boden wälzte, von dem erzählte man höhnisch, er könne nicht fest auf den Beinen stehen.

Es gab Leute in meiner Freundschaft, die seit dreißig Abenden nur am Morgen zu Bett gekommen waren. Einige schliefen nur noch, wenn ein Virtuose von Weltruf die Musik dazu machte, und andere, während sie auf dem Wege vom Diner zum Souper in einer Droschke saßen.

Wenn drei Menschen sich trafen, so klagte der erste über Nervenzerrüttung, der zweite über Magenkatarrh und der dritte über beides.

So sehr amüsierte man sich.

Ich natürlich mit. – –

Die Uhr ging auf eins. Ich saß im Kaffeehause, jenem berühmten Kaffeehause, von dem die verkannten Genies erzählen, daß in ihm das Zentrum alles geistigen Lebens zu finden sei. – Kein Ort der Erde solle gleich ihm gedankenfördernd auf den Genius wirken.

Doch seltsam! Mochte ich mich noch so tatendurstig in den rotsamtnen Polstern umhersielen, noch so schaffensfreudig Finechampagnes dazu trinken, der Gedanke, der ungeheure, allerlösende, wollte nicht kommen.

Auch heute nicht. Heute weniger denn je. – Vor meinen Augen tanzen rötliche Kreise, und in den Adern hämmert es wie beginnendes Fieber. Ist's ein Wunder? Auch ich kann mich kaum mehr auf die Zeit besinnen, da ich zum letzten Male ausgeschlafen habe. Meine Lider emporzuheben kostet mich Arbeit. Die Hand, die kraftgenialisch in den Haaren wühlen will – ach! diese Haare fangen schon an ein wenig dünn zu werden! – sinkt wie gelähmt hernieder. –

Aber heimgehen darf ich nicht. Frau Elsbeth – wir nennen sie Frau Elsbeth, wir Junggesellen, wenn ihr Mann nicht dabei ist – Frau Elsbeth hat mich herbestellt ... Wollte um Mitternacht mit ihrem Manne »vom Diner heimkehrenderweise« hier ansprechen, um mit mir die Überraschungen zu verabreden, die ich für ihr Zauberfest erdenken soll.

Ein wenig anspruchsvoll die kleine, süße Frau – aber die Welt sagt, daß ich sie liebe. Und um die Welt nicht Lügen zu strafen, macht man gern einen Hanswurst aus sich.

Um mich her flutet der Menschenstrom. – Wie zwei endlose Ketten, die in entgegengesetzten Richtungen arbeiten, so winden die

Kommenden und Gehenden sich aneinander vorüber – Dandys in koketten Pelzen, den Zylinder verwegen in die Stirn gedrückt, den Spazierstock senkrecht in der Seitentasche aufgepflanzt – Damen der eleganten Gesellschaft in weißseidenen, hermelinbesäumten Überwürfen, die Augen voll hochmütiger Neugier unter den spanischen Schleiern hervorspähend – allinsgesamt vom Festefeiern angestrahlt.

Dazwischen drücken sich Nähmädchen, von irgendeinem Zufallsverehrer hierhergeschleppt, in kaffeebraunen, mit Knötchen durchmusterten Mänteln, die schon abgetragen schienen, als sie im Magazine fertig gekauft wurden; – – Damen, von jener Gattung, die man nur unter Gänsefüßchen »Damen« nennt, in riesengroßen Rembrandthüten mit Similisteinen und zerrissenem Kleidersaum, an dem Schlamm noch von der Zeit her hängt, da es zum letzten Male taute – – Studenten, die sich vom Sehen berauschen wollen – Künstler, deren Auge sich ernüchtern will – Zeitungsschreiber, die in den ausgehängten blauen Depeschenzetteln den Stoff zu einem Leitartikel suchen – Bohémiens und Bummler jeglichen Standes, Musterproben falscher Würde und ebenso falscher Würdelosigkeit – – alles wogt dort bunt durcheinander. Der Mummenschanz, den die Weltstadt jahrüber mit sich aufführt.

Ein Freund tritt zu mir heran, einer von den dreihundert Busenfreunden, mit denen ich die neuesten Mikoschwitze auszuwechseln pflege – fahl, übernächtig, wagerechte Runzeln auf der Stirn, die Brauen wie von einem Krampf halb in die Höhe gezogen – wie wir alle.

»Sie – warum hat man Sie gestern bei Meyers nicht gesehen?« beginnt er.

»War wo anders eingeladen.«

»Wo denn?«

Ich muß mich ein paar Sekunden lang besinnen, bis ich den Namen wiederfinde. »Gehirnschwund« haben wir alle.

»Jäjäjä,« ruft er, »soll ja pompös gewesen sein – famose Weiber ... und der Kerl – der – der Jedankenleser und die Dingsda, die – die Sembrich ... jä, jä, da müssen Sie mich mal ein –füh –ren, jä.«

Und die Beine von sich streckend läßt er sich neben mich auf das Polster niederfallen.

Ein Schweigen entsteht. Mein Busenfreund und ich haben uns nichts mehr zu sagen.

Er hat eine Zigarette in Brand gesteckt und beschäftigt sich damit, die weißlichen Wolken, die er durch die Nase ausstößt, mit dem Munde wieder einzusaugen. Diese Arbeit scheint seinen Geist vollkommen zu befriedigen.

Ich für meinen Teil starre zur Decke empor, dorthin, wo in wahnsinnigen Arabesken goldene Schlangenleiber sich durch Rosenketten winden. Der aufgeblasene Pomp beleidigt mein Auge. – Ich lass' es weiter wandern – an dem Kristallüster vorüber, dessen greller Glanz Spiele von regenbogenfarbenen Blitzen in die Weite wirft – vorüber an den buntbemalten Pfeilern, deren Schaft in Lilienblättern steckt wie ein Marterpfahl im Fleische.

Drüben an der Wand, deren Gesims eine Reihe von Freskobildern trägt, bleibt mein Blick hängen.

Getaucht in die Farbenglut des südlichen Himmels, schauen die Formen einer schönheitstrunkenen Zeit siegessicher zu mir nieder. Um die starre Pracht des marmornen Gemäuers schlingt sich der weiche Fluß großliniger Gewänder.

Ein römisches Gastmahl. – Rosenbekränzte Männer ruhen auf indischen Polstern, goldene Schalen in der Rechten schwingend – – Weiber, lächelnd in allgewährender Nacktheit, kauern zu ihren Füßen – – ein Bacchantenreigen mit Faunen und Panthern, den trunkenen Pan in der Mitte, stürmt durch die Pforte, und braunhäutige Sklavinnen, Leopardenfelle um die Hüften geschlungen, machen die Musik dazu. – – –

Unter ihnen eine, die mich beim ersten Blicke den ganzen Wust ringsum vergessen läßt. – Den glänzend straffen Leib verstohlen gegen eine Säule lehnend, hockt sie, von Müdigkeit zusammengezogen, ducknackig da und bläst zwischen hängenden Lippen gedankenlos die Doppelpfeife, die ihren erschlafften Händen zu entfallen droht. – Ihre Wangen sind gelb und abgemagert, ihre Augen halb verglast, doch auf der Stirne thronen zwei Herrscherfalten, und um den rissigen Mund herum sitzt wie versteinert ein Lächeln des Hohnes.

»Wer mag sie sein? Woher mag sie kommen?« frag' ich mich, da fühl' ich einen dumpfen Schlag auf meiner Schulter.

Mein Busenfreund ist eingeschlummert und hat sich meinen Leib als Ruhekissen ausgesucht.

»Sie!« schrei' ich ihn an – sein Name will mir augenblicklich nicht einfallen –, »gehn Sie nach Hause! – Gehn Sie schlafen!«

Er fährt empor und sieht mir mit schwimmenden Augen ins Gesicht.

»Meinen Sie etwa – mich?« stammelt er, »der Witz is jut!« Und im nächsten Augenblicke fängt er zu schnarchen an.

Ich verdeck' ihn, so gut es geht, mit meinem breiten Rücken, beuge mich über das glitzernde Teekännchen, das vor mir steht, und lasse mir die duftenden Wolken sanft prickelnd um die Nase streichen.

Es wäre Zeit, daß sie käme, die kleine Frau, wenn ich ihren Gästen Musik machen soll.

Das braune Weib drüben auf dem Bilde fällt mir ein.

Ich schlage die Augen auf. Herr des Himmels, was ist das?

Hochaufgerichtet in der nervigen Fülle ihres jungen Leibes steht sie da, preßt die geballten Fäuste vor die Stirn und starrt mit glühenden Augen zu mir nieder. Und dann plötzlich schleudert sie die Flöten in weitem Bogen von sich und ruft mit gellendem Aufschrei: »Ich will nicht mehr – ich will nicht!«

So kreischt nur der Sklave auf in dem Augenblick, da er sich die Freiheit errungen hat.

»Um Gottes willen, Weib, was tust du?« ruf' ich ihr zu. »Man wird dich töten! – Zu den wilden Tieren wird man dich werfen!«

Mit einer Gebärde voll Ekel und Verachtung weist sie um sich.

Da erst seh' ich's: alle sind sie in Schlaf gesunken. Die Männer liegen mit offenen Mäulern nach hinten übergefallen, in der Hand noch die Trinkschalen, aus denen der Wein in goldigen Kaskaden auf den Marmor niedersprüht. In den Lachen aber wälzen sich die Weiber, noch im Taumel ihrer Träume bemüht, die schönfrisierten Köpfe unversehrt zu halten. – Die Komödiantenbande samt ihrem wilden Getier – die Musiker – alles liegt mit gelöstes Gliedern da und ringt schnaufend nach Luft, von wüstem Schlafe überwältigt.

»Der Weg ist frei!« jubelt die Flötenspielerin und gräbt die zuckenden Finger in das Fleisch ihrer Brüste. »Wer will mich hindern, zu entfliehn?«

»Wohin, du wildes Weib?« frag' ich.

Ein Leuchten träumerischen Entzückens gleitet über das gramverzehrte Angesicht, das sich zu röten und zu runden scheint.

»In die Freiheit, in die Heimat!« flüstert sie brennenden Auges zu mir herab.

»Welches ist deine Heimat?«

»Die Wüste,« jubelt sie. »Hier spiel' ich zum Tanze auf – dort bin ich Königin – Thea heißt man mich, und durch die Stürme hallt mein Name. – Mit goldenen Ketten haben sie mich umschnürt – mit goldenen Schmeichelreden mein Ohr betört, bis ich mein Volk verließ und ihnen folgte in ihre von Lust verpesteten Kerker... Oh, wenn du wüßtest, was ich weiß, auch du säßest nicht hier.... Aber du Knecht des Augenblicks kennst ja die Freiheit nicht.«

»Ich habe sie gekannt,« sag' ich trübselig und lasse das Kinn auf die Tischplatte niedersinken.

»Und du bist hier?«

Verächtlich wendet sie mir den Rücken.

»Nimm mich mit dir, Thea!« ruf' ich voll Todesangst. »Auch ich will in die Freiheit.«

»Wirst du sie noch ertragen?«

»Ich werde sie ertragen oder an ihr zugrunde gehn.«

»So komm!«

Ein brauner Arm, der endlos scheint, langt zu mir hernieder. – Mit ehernem Griffe werd' ich emporgerissen. – Lärm und Lichter verschwimmen schon in der Ferne.

Durch weite, leere Säulenhallen, die sich gleich Domen dämmrig über uns wölben, geht der Weg. – Freitreppen folgen, die sich wie steinerne Wasserfälle in schwarze Tiefen hinunterstürzen. Ein Nebel, gleich einem grünen, silberumsäumten Dampfe, wallt von dort empor...

Hinabzublicken bereitet mir Schwindel.

Ich fühle, ich wittre etwas Ungestaltetes, Grenzenloses, dessen Ahnung mich mit Entsetzen erfüllt. Ich bebe zurück, doch die fremde Hand reißt mich weiter. – –

Auf monderhellter Straße wandern wir dahin. – Rechts und links erstrecken sich bleiche Ebenen, aus denen düstere Zypressen kerzengleich in die Höhe streben.

Alles ist weit und leer gleich jenen Hallen.

Unbestimmte Laute wie halberstickte Todesschreie erheben sich in der Ferne und werden zu Musik...

Gellendes Jauchzen tönt dazwischen und wird zu Musik.

Und diese Musik ist nichts wie das Brausen des Sturmes, der uns weiterjagt, wenn wir ermatten wollen.

Und wir wandern und wandern ... tage-, wochen-, monatelang – wer weiß es?

Die Nacht gleicht dem Tage. – Wir rasten nie. – Wir reden auch nicht.

Längst liegt die Straße hinter uns. – Auf ungebahnten Pfaden schreiten wir dahin...

Immer steiniger wird der Weg – – ein ewiges Aufundnieder über Felsen und durch Klüfte ... die Zacken des verwitterten Gesteins werden uns zu Stufen, auf denen wir atemlos hinanklimmen, um jenseits der Spitze in neue Tiefen hinabzuschunden.

Meine Füße bluten. Meine Glieder zappeln gefühllos wie die eines Hampelmannes. Ein pappiger Geschmack erfüllt meinen Mund.

Längst weiß ich nicht mehr, ob ich vorwärtskomme. Ein Fels gleicht dem andern in brüchiger Nacktheit, eine Kluft ist leer und dunkel wie die andere. – – Vielleicht dreh' ich mich im Kreise, vielleicht narrt mich diese braune Hand, deren Griff mir tief ins Fleisch gedrungen ist, wie der Kettenring, der allgemach mit dem Gefangenen zusammenwächst. – –

Und dann plötzlich bin ich allein.

Wie es geschah, ich weiß es nicht.

Lautlos hat sie mich verlassen. –

Ich schleppe mich zu einem Gipfel und halte Umschau.

Um mich her in der Rotglut der Morgendämmerung breitet sich endlos, grenzenlos die felsige Wüste, ein steingewordener Ozean.

Zackige Mauern türmen sich rings empor in ewiger Wiederkehr bis in die letzten Fernen, die kein mitleidiger Dunst mir verhüllt. Aus unsichtbaren Abgründen recken sich messerscharfe Firste, und der Südsturm peitscht ihre Flanken, von denen das Gestein langsam hinunterbröckelt, um neuen Mauern zum Unterbau zu werden.

Und die Sonne, hart und scharf wie ein unbarmherziges Auge, erhebt sich langsam an dem dürstenden Himmel und breitet ihren Feuermantel über diese erstorbene Welt.

Der Block, auf dem ich sitze, fängt an zu glühen.

Der Sturm treibt mir Steinsplitter unter die Haut. – Ein glühender Staubstrom quillt an mir empor. – Langsam wie einen lohenden Baldachin fühl' ich den Wahnsinn sich auf mich niedersenken.

Soll ich wandern? Soll ich sterben?

Und ich wandre, weil ich zum Sterben zu müde bin.

Da seh' ich fernab auf einer Felsentafel eine Männergestalt.

Wie ein schwarzer Fleck durchbricht sie dieses flackernde Lichtmeer, in dem der Schatten selbst zur Rotglut geworden ist.

Auf kaum sich erhebenden Füßen schreitet sie sicher dahin – steigt ruhig zu den Abgründen hinab – steigt ruhig die Felsen wieder hinan.

Eine unendliche Sehnsucht nach diesem sicher schreitenden Manne erfüllt meine Seele. Ich will ihm entgegenstürzen, doch eine Erstarrung hält mich gefesselt.

Und näher kommt er und näher.

Ich sehe ein fahles, bartumrahmtes Antlitz mit aufgetriebenen Backenknochen und abgezehrtem Wangenfleisch ... Der Mund, der fein und weich ist wie der eines Mädchens, preßt sich zu einem stillen Lächeln zusammen. – Bitterkeit, die zur Liebe, Entsagung, die zur Freudigkeit wurde, vereinen sich in diesem Lächeln.

Mir wird warm und weit dabei.

Und dann seh' ich das Auge, das rund und grell offen ist, wie von Nachtwachen vergrößert. In klarer Starrheit mißt es die Fernen und achtet des Weges nicht, den der Fuß, ohne zu tasten, meistert. Träumende Glut, die sich zu wacher Kälte steigert, liegt in diesem Blick.

Ein Schauder der Ehrfurcht ergreift meinen Leib.

Jetzt weiß ich, wer dieser Mann ist, der in einsamem Sinnen durch die Wüste zieht, dem das Entsetzen zum Wege des Friedens ward.

Er sieht über mich hinweg. Wie kann es anders sein! –

Ihn anzurufen wag' ich nicht, und reglos starr' ich ihm nach, bis seine Gestalt als ein schwarzer Fleck hinter den glühenden Felsen verschwindet.

Dann wandre ich weiter und wandre – – und wandre – –

Es war an einem graugelben Herbsttage, da saß ich zum ersten Male wieder in dem rotgepolsterten Winkel des weitberühmten Kaffeehauses und schaute dankbar nach der braunen Sklavin hinüber, die schläfrig und stumpf wie je ihre Doppelflöte blies, denn nur zu ihr war ich gekommen.

Ein Schlag auf die Schulter ließ mich emporfahren. In ziegelroten Handschuhen, den Zylinder schief in der Stirne, ein wenig müder und blasierter noch, stand jener Busenfreund vor mir, dessen Name mir nun endgültig entfallen war. –

»Alle Teufel – wo haben Sie denn so lange gesteckt?« fragt er.

»Irgendwo – in der Wüste!« geb' ich lachend zur Antwort.

»Jesses – was hatten Sie denn da zu suchen?«

»Mich.«

5.

Immer rascher wird der Flügelschlag der Zeit. Mein Atem vermag nicht mehr, ihm gleichen Schritt zu halten. – –

Aus gedankenlosem Genießen ist längst ein Kampf auf Leben und Tod geworden.

Und ich bin der Besiegte! –

Den raubfrohen Mut, den lachenden Trotz hat mir die Not hinweggenommen; siechenden Leib und flugmüde Seele hat sie gebracht. – –

Es geht auf Mitternacht. – Trüber brennt die dunstige Lampe, und draußen auf den Straßen beginnt es still zu werden. Nur von Zeit zu Zeit knirscht und kreischt der Schnee unter den eilenden Füßen eines frierenden Spätlings. – Der Schein der Gaslaternen lagert auf den eingefrorenen Fenstern, als wäre ein gelbes Tuch von flimmernder Seide darüber gebreitet. –

Im Zimmer herrscht eine dumpfe Hitze, die mir den Kopf benimmt und mitten im Frösteln den Schweiß aus den Poren jagt.

Ich habe zur Nacht noch einmal heizen lassen, denn mich fror.

Wann friert mich nicht!

»Schone dich,« hat mein Freund, der Arzt, gesagt. »Du hast dich zuschanden gearbeitet – du mußt ruhen.«

»Ruhen, ruhen,« kichert es spöttisch aus allen Winkeln, während rings die Arbeit sich auftürmt und mich zu ersticken droht unter ihren Lasten.

»Schaffen! Schaffen!« hallt es aus dem Innern wider, wie die Stimme eines Fuhrknechts, der einen toten Esel an seine Pflicht gemahnt.

Das Papier ist zurechtgerückt. Über ihm brütend hab' ich Stunden verbracht, doch es ist leer geblieben.

Ein süßlich übelriechender Dampf, der mir unverschämt in die Nase steigt, läßt mich emporfahren.

Da steht die Kanne mit Holundertee, die meine Wirtin vor dem Schlafengehen hereingebracht hat.

Die gute Seele!

»Der Mensch muß schwitzen,« hat sie gesagt, »denn wenn der Mensch in Schweiß gerät, dann gehn alle bösen Humoren aus dem Menschen 'raus, und es kommt der gesunde Saft wieder zum Treiben, bis er den ganzen Menschen ausfüllt.«

Und dabei hat sie sich die fettigen Lippen gewischt, denn sie liebt es, zum Abendsegen noch ein Stück Schwarzbrot mit Gänseschmalz zu essen.

Unwirsch rück' ich das Kännchen zur Seite, aber der graugrüne Dampf wirbelt mir nur noch dichter um die Nase. Seine Wolken nehmen seltsame Formen an, die sich zusammenballen und durcheinanderquirlen wie Phantome über einem Hexenkessel.

Und allgemach bildet sich eine Menschengestalt, erst nebelhaft und verworren, dann enger und fester zusammenfließend.

Grau, grau, grau! – Ein altes Weib! – So scheint es, denn sie schleicht an einer Krücke. Doch ihr Gesicht verhüllt ein Schleier, der wie zwei zusammengefaltete Fledermausflügel über die Arme hin zur Erde niedersinkt.

Ich fange zu lachen an, denn Geister haben schon lange aufgehört mir Ehrfurcht einzuflößen.

»Heißest du etwa auch Thea, du liebliches Wesen?« frag' ich.

»Ich heiße Thea,« erwidert sie mit einer müden, weichen, ein wenig heiseren Stimme. Der liebkosende Schimmer von mattblauem Samt, der schleichende Duft von welkender Reseda liegt in dieser Stimme, und das Herz wird mir weit dabei. – Aber ich will mich nicht betölpeln lassen, am wenigsten durch solch ein Geistergesindel, das ja doch nur krankhafte Ausgeburt des eigenen wirren Kopfes ist.

»Es scheint, die Jahre haben dich nicht zu deinem Vorteil verändert, holde Thea,« sag' ich und weise höhnisch auf die Krücke.

»Meine Flügel sind zerbrochen, und ich bin eingeschrumpft wie du,« erwidert sie.

Ich lache laut auf. »Also darauf kommt deine werte Erscheinung heraus: Spiegelbild meines Ich – Geist gewordener Ruin – der Lauf meiner Ideen, symbolisch verdichtet. Kenne das, kenne das! Jeder hirnlose Weihnachtspoet macht es genau so. Du mußt mir reizvoller kommen, Thea, edler Geist des Holundertees. Adieu! Meine Zeit ist zu kostbar, um sie mit Allegorien zu vertrödeln.«

»Was hast du so Wichtiges zu tun?« fragt sie, und mir ist, als sah' ich zwischen den Falten des Schleiers das Leuchten eines Augenpaares, ob lachend, ob gramvoll, ich weiß es nicht.

»Wenn nichts anderes, zu sterben,« erwidere ich und fühle mit Freude, wie in den Worten mein Trotz sich stählt.

»Und das scheint dir so wichtig?«

»Einigermaßen.«

»Für wen?«

»Für mich, dächt' ich – wenn für niemand sonst.«

»Und deine Gläubigerin – die Welt?«

Oh, das hat gefehlt! »Die Welt –, ja so, die Welt. – Was war' ich der wohl schuldig?«

»Liebe!«

»Liebe – dieser Dirne? – Wofür? – Daß sie mir Feuer aus den Adern sog und Gift dafür hineingoß? Sieh mich an, wie ich dasitze, gescheitert und zerbrochen, ein Spiel jeder Welle – das hat die Welt aus mir gemacht.« –

»Das hast du selbst aus dir gemacht ... Die Welt ist an dich herangetreten als lächelnde Führerin ... Mit leisem Finger berührte sie deine Achsel und forderte Folgschaft von dir. Aber du warst störrisch – du gingst deine eigenen Wege in dunklen, einsamen Schluchten, wo das lachende Kampfgeklirr, das aus der Höhe herniederhallt, zu mißtönigem Grollen umschlägt. Klug und fröhlich solltest du werden – dumpf und traurig bist du geworden.«

»Gut – und wenn ich's wurde, das Grab wird mich davon erlösen.«

»Prüfe dich genau!«

»Was soll mir noch die Prüfung? – Das Leben hat mich lahmgeschlagen ... Was es an Lust zu bieten hat, wandelt sich mir in Qual ... Losgelöst bin ich von allem, was mit wohligen Banden ein Menschenherz an seinesgleichen kettet ... Haß kann ich nicht vertragen, und Liebe auch nicht ... Ich zittre vor tausend Gefahren, die niemals dagewesen sind und niemals da sein werden. – Der Strohhalm ist mir zur Klippe geworden, vor der mein Fuß erstarrt, an der meine Glieder hinsinkend zerschellen ... Und das Schlimmste von allem: Mein Auge sieht es klar, daß es ein Strohhalm ist, vor dem meine Kraft sich im Staube windet ... Du bist zur rechten Zeit gekommen, Thea! In den Falten deines Kleides wird wohl ein Pülverchen zu finden sein, das mich in Eile hinüberfördert.«

Und wieder seh' ich es leuchten hinter dem dichten Schleier – ein lächelnder Gruß aus einem fernen Lande, in dem noch immer die Sonne scheint. – Und das Herz will mir aufspringen bei diesem Leuchten. Aber ich bezwinge mich und starre ihr auch ferner mit verbissenem Trotze ins Gesicht.

»Der Pülverchen braucht's nicht,« sagt sie und erhebt die rechte Hand. Solch eine Hand sah ich noch nie... Knochenlos scheint sie, aus Blumenblättern geformt. – Verunstaltet könnte sie sein, von Krankheit gedörrt und aufgetrieben, wäre sie nicht so zart, so lichtdurchflossen, so lilienhaft. – Eine unendliche Sehnsucht packt mich nach dieser armen, kranken Hand. Ich will mich niederstürzen vor ihr und sie anbetend an meine Lippen drücken, da legt sie sich schon auf meinen Scheitel. Leis und kühl wie eine Schneeflocke ruht sie auf ihm, aber schwerer und schwerer wird sie mit jedem Augenblick, zu Bergeslasten schwillt ihr Druck, – nicht länger vermag ich ihm standzuhalten – – ich sinke ... sinke ... die Erde öffnet sich ... Finster wird es vor meinen Augen ...

Als ich wieder zu mir komme, find' ich mich von tiefster Nacht umgeben in einem Bette liegend.

»Wieder einer deiner dummen Träume,« sag' ich mir und will nach der Streichholzschachtel tasten, die auf dem Nachttisch steht, um zu sehen, wieviel Uhr es ist. – Aber hart schlägt meine Hand gegen ein Brett, das dicht an meiner Schulter schräg in die Höhe strebt. – Ich taste weiter und finde, daß mein Lager von einem Brettermantel eng umgeben ist, so eng, daß ich den Kopf kaum wenige Zoll hoch erheben kann, ohne dagegen zu stoßen.

»Solltest du doch am Ende begraben sein?« frag' ich mich. »Dann wäre ja dein Wunsch prompt in Erfüllung gegangen.«

Ein frischer, sanft prickelnder Blumenduft, wie gemischt von Heidekraut und Rosen, dringt mir in die Nase.

»Aha,« sag' ich mir, »das sind die Grabkränze. Man hat dir deine Lieblingsblumen ausgesucht. Das war mal hübsch von den Leuten.« – Und wie ich den Kopf ein wenig drehe, schmiegen sich Blütenkelche weich und kühl an meine Wange.

»Unter Rosen bist du begraben,« sag' ich mit einem zufriedenen Seufzer, »wie du es dir immer gewünscht hast.« Sodann tast' ich vorsichtig nach meiner Brust, um zu sehn, was für Spenden man mir aufs Herz gelegt hat. Meine Finger stoßen an harte, scharfe Blätterkanten.

»Was ist das?« frag' ich verwundert. Und dann fang' ich hell zu lachen an. Ich habe einen Lorbeerkranz erkannt, der mit seinem rauhen, holzigen Blattgewinde zwischen meinen Leib und den Sargdeckel gepreßt ist. –

»Nun hast du ja alles, wonach dein Herz so innig verlangte, du Narr deiner Ehrsucht,« ruf' ich mir zu, und eine großartige Ironie bemächtigt sich meiner. –

Und dann streck' ich meine Beine aus, bis die Sohlen die untere Sargkante berühren, nestle mein Gesicht in die Blumen hinein und gedenke, mich meines großen Friedens nach Kräften zu erfreuen. Von Angst oder Beklommenheit spür' ich nicht das mindeste, denn ich weiß ja, daß die Luft zum Atmen mir niemals fehlen wird, weil ich sie überhaupt nicht mehr brauche, weil ich tot bin, – ordentlich und rechtschaffen tot. Nichts bleibt mir mehr zu tun, als friedlich und gemach ins Unbewußte hinüberzufließen und den dumpfen Traum des Alls über mich hinrauschen zu lassen in alle Ewigkeit. – Und dieser Gedanke gibt mir ein Glücksgefühl, so unendlich und allmächtig, daß ich glaube, alles Erschaffene mit meiner Seligkeit umfangen zu können.

»Gute Nacht, ihr lieben dereinstigen Mitmenschen,« sag' ich und dreh' mich verachtungsvoll auf die andere Seite, »ihr könnt mir alle gewogen bleiben.«

Und dann beschließ' ich, ganz mäuschenstill zu liegen und zu versuchen, ob ich nichts für meine Schadenfreude tun kann, indem ich horche, wie's oben auf dieser jämmerlichen Erde zugeht. –

Anfangs hör' ich nichts wie ein dumpfes Brausen. Doch das kann auch von dem Grundwasser kommen, sag' ich mir, das irgendwo unten in der Nachbarschaft durch das Erdreich quillt. Aber nein, von oben herab dringt der Laut zu mir, und von Zeit zu Zeit tönt ein Rasseln und Peitschen dazwischen, wie wenn man Erbsen über einem Sieb ausschüttet.

»Natürlich ist da wieder ein Hundewetter!« sag' ich, indem ich mir stillvergnügt die Hände reibe, wobei ich freilich mit den Ellbogen an die Sargkante stoße.

»Etwas geräumiger hätte man mir dieses Lusthaus wohl bauen können,« sag' ich mir weiter. Aber dann fällt mir ein, daß ich als ein rechtschaffener Toter mich überhaupt nicht zu rühren habe, wenn ich meinem neuen Stande keine Unehre machen will.

Doch sofort empört sich mein Widerspruchsgeist gegen diese Zumutung.

»Im Grabe gibt es keinen Stand und keine Standesvorurteile,« ruf' ich, »im Grabe sind alle gleich, hoch und niedrig, arm und reich – und die Lumpen des Bettlers, meine Herren, haben hier genau denselben Wert wie der Purpurmantel, der sich um Königsschultern schlingt. Selbst der Lorbeer, meine Herren, gilt hier nicht mehr als Ruhmeskrone, nicht nur Auserwählten wird er zuteil – –«

Ich stocke, denn meine Finger haben eine an dem Kranze hängende seidene Schleife entdeckt, auf der eine, wie ich annehmen darf, schmeichelhafte Inschrift mit gerade noch fühlbaren Lettern geschrieben steht. – »Streichhölzchen her!« will ich rufen, da fällt mir ein, daß es im Grabe verboten ist, Licht anzuzünden, oder vielmehr – was noch schlimmer –, daß es dem Begriffe eines Grabes nicht entspricht, von Lichtern erhellt zu sein.

Mißgestimmt fahr' ich fort: »Nicht Auserwählten nur wird der Lorbeer zuteil, sagte ich, meine Herren, aber ich muß mich rektifizieren: sind wir Toten nicht schon von vornherein Auserwählte, gegenüber der elenden Plebs der Lebenden? Ist die vornehme Ruhe, in der wir uns hier befinden, nicht ein untrügliches Merkmal wahrer Aristokratie? Und der Totenlorbeer, meine Herren, mir bedeutet er ebensoviel – ich bin stolz darauf, es sagen zu können – ebensoviel wie ein Königsdiadem.«

Ich hielt inne, denn ich durfte an dieser wirkungsvollen Stelle mit Recht begeisterten Beifall erwarten; da aber alles still blieb, begann ich mich wieder auf mich selbst zu besinnen, wie auch darauf, dass meine schönsten Reden hier ohne Publikum bleiben würden.

»Überhaupt vereint es sich schlecht mit dem Begriffe eines Toten, Reden zu halten,« sag' ich zu mir, doch sogleich beginne ich auch wieder, mir Opposition zu machen.

»Begriff? Was ist Begriff? Was sehn mich hier Begriffe an? Ich bin tot, ich habe das heilige Recht erworben, mich an keinen Begriff mehr zu kehren. Wenn so ein elendes Individuum von einem lebenden Menschen sich das Grab nicht anders als dunkel – und den Toten nicht anders als stumm vorzustellen vermag, so ist das seine Sache – ich brauche mich wahrlich nicht darum zu kümmern.«

Meine Finger hatten derweilen an der seidenen Schleife herumgekratzt, um zu fühlen, ob sich aus den schwachen Unebenheiten der Goldpressung nicht vielleicht die Form der Lettern und der Sinn der ganzen Inschrift erkennen ließe, und da meine Bemühungen erfolglos geblieben waren, fuhr ich entrüstet fort: »Um vor allen Dingen aber auf den Begriff von der Dunkelheit des Grabes zurückzukommen, so frag' ich jeden einsichtigen und sachverständigen toten Mann: Warum ist es nötig, daß Gräber dunkel seien? – Können wir Toten nicht vielmehr von einem Zeitalter, das in der Beleuchtungsfrage so enorme Fortschritte macht, das nicht allein Gas- und elektrische Leitungen angelegt und die obligatorische Straßenbeleuchtung eingeführt hat, sondern auch durch die Ausbeutung natürlicher Kräfte in den Stand gesetzt ist, bei geringem Kostenaufwand den letzten Winkel dieses Erdenrundes mit Tageshelle zu versehen – können wir von diesem Zeitalter, meine Herren, nicht verlangen, daß es auch der Dunkelheit der Gräber endlich ein Ende mache? Schon die ganz gewöhnlichste Pietät müßte die Lebenden dazu veranlassen. Aber wann hätte ein Lebender je Pietät gefühlt? – Abtrotzen müssen wir ihnen, was zu einem todeswürdigen Dasein vonnöten ist! – Meine Herren, ich schließe mit den letzten – oder soll ich sagen mit den ersten? – Worten unseres großen Goethe, dessen Genius mit der ihm eigentümlichen Divinationsgabe den unwürdigen Zustand des Grabinnern und die Bedürfnisse eines wahrhaft edlen und freisinnigen Toten voraussah, – denn worauf sonst läßt sich der Ausspruch deuten, den ich hiermit auf unsre Fahne schreibe: ›Mehr Licht!‹? ›Mehr Licht‹ sei fortan unsre Devise, unser Kampfgeschrei.« –

Auch diesmal blieb alles still, wodurch ich mich zu der Beobachtung gedrängt sah, daß im Grabe weder gekämpft noch geschrien wird. Aber trotzdem vergnügte ich mich weiter, und noch manche Rede hielt ich gegen Kirchhofsverwaltung, Sargform, Unzulänglichkeit der flachen Druckmethoden und dergleichen mehr, während oben der Sturm sich satt wütete, der Regen zu peitschen müde ward und eine friedfertige Stille hereinbrach.

Nur von Zeit zu Zeit hörte ich ein dumpfes, kurzes, gleichmäßiges Donnern, das ich mir anfangs nicht erklären konnte, bis ich auf den Gedanken kam, es möchten die Schritte Vorübergehender sein, deren Schall auf diese Weise sich in dem Erdreich fortpflanzte.

Und dann plötzlich vernahm ich etwas wie Menschenstimmen.

Es kam senkrecht zu meinem Haupte herab.

Man schien also an meinem Grabe zu stehn.

»Ich kümmere mich den Teufel um euch,« sagte ich und wollte fortfahren über meine epochemachende Erfindung nachzusinnen, die sich »Heminthothanatos«, das heißt »Würmertod«, betitelte, und sobald sie erst erfunden war, unter Nummer 156 763 des Patentregisters eingetragen werden sollte.

Aber da meine Begierde, zu erfahren, wie man nach meinem Tode über mich dächte, mir keine Ruhe ließ, so zögerte ich nicht lange, mein Ohr gegen die obere Sargwandung zu pressen, damit der Schall besser zu mir getragen würde.

Nun erkannte ich die Stimmen sofort.

Sie gehörten zwei Männern, denen ich mich einst aufs innigste verbunden gefühlt und die ich mit Stolz meine Freunde genannt hatte. War mir doch stets von ihnen versichert worden, wie sehr sie mich hochschätzten, und daß ihr Tadel – der Tadel, mit dem sie mich insgeheim zur Verzweiflung getrieben hatten – nichts weiter wäre als hilfreiche, selbstlose Liebe.

Es drängte mich, die Wonne zu durchkosten, sie mir auch über den Tod hinaus treu und ergeben zu wissen.

»Der arme Teufel!« sagte der eine im Tone so kläglichen Bedauerns, daß ich noch im Grabe mich meiner selbst zu schämen begann.

»Hat früh ins Gras beißen müssen,« fuhr der andere seufzend fort, »aber es ist besser so für ihn wie für mich. Ich hätte ihn doch nicht lange mehr über Wasser halten können.«

Vor Überraschung schlug ich mir an der Sargwand eine Beule in den Schädel.

»Wann hättest du mich je über Wasser gehalten?« wollte ich rufen, aber ich besann mich, dass sie mich doch nicht hören konnten.

Und der erste nahm das Wort: »Auch mir ist es manchmal sauer genug geworden, ihm mit meinem Rate zur Seite zu stehen, ohne ihn in seiner Eigenliebe zu verletzen, denn wir wissen ja beide, wie eitel und wie vernarrt in sich er war.«

»Und doch leistete er wenig genug,« entgegnete der andere. »Er lief den Weibern nach und suchte die Gesellschaft untergeordneter Personen, um sich von ihnen anloben zu lassen. Ich bin immer von neuem überrascht gewesen, wenn er etwas halbwegs Tüchtiges zustande brachte, denn sein Charakter und seine Intelligenz befähigten ihn nicht dazu.«

»Sie in Ihrer himmlischen Güte,« hörte ich wieder den ersten, »wissen selbst bei ihm etwas Tüchtiges zu finden, aber seien wir doch aufrichtig: das, was ihm noch am ehesten gelang, war auf die rohen Instinkte der Masse zugeschnitten. Ernst und Überzeugungstreue besaß er nicht.«

»Das habe ich auch nie behauptet,« verwahrte jener sich eifrig, »ich habe dem armen Kerl nur den Zoll der Pietät nicht versagen wollen, denn *de mortuis* – –«

Damit entfernten sich die beiden Stimmen.

»O ihr Leichenräuber!« schrie ich, die Faust hinterher schüttelnd. »Jetzt weiß ich, was eure Freundschaft wert war! Jetzt ist mir klar, wie ihr mich demütigtet auf allen meinen Wegen und mir, wenn ich gesunkenen Mutes zu euch kam, noch einen Fußtritt obendrein gabt, damit ihr selbst größer würdet auf meine Kosten. Oh, wenn ich noch einmal –«

Auflachend hielt ich inne.

»Was sind das für törichte Wünsche, alter Junge?« sagte ich zu mir. »Wenn du deiner Freunde auch Herr werden könntest, deine Feinde würden dich doch tausendmal wieder unter die Erde bringen.«

Und ich beschloß, meine Gedanken fortan ausschließlich der Erfindung der epochemachenden Imprägnierungsflüssigkeit, genannt »Helminthothanatos« oder »Würmertod«, zu widmen.

Aber neue Stimmen entrafften mich meinem Brüten.

Ich horchte.

»Da schläft ja der Dingsda,« sagte die eine.

»Richtig,« sagte die andere, »ich habe ihm manches am Zeuge geflickt, solange er unter uns lebte, – mehr, als mir heute vielleicht lieb ist – aber ein tüchtiger Kerl war er, das muß ihm selbst der Feind nachsagen.«

Ich fuhr heftig zusammen.

Nun wußte ich, wen ich vor mir hatte: Meinen grimmigsten Widersacher, der mich mit offenen Knutenhieben und geheimen Nadelstichen so lange gepeinigt hatte, bis ich selber zu glauben begonnen, daß mir recht geschähe.

Und der hatte ein gutes Wort für mich – der? Es war unmöglich – – ich mußte mich verhört haben.

Und seine Stimme fuhr fort: »Heute, da er aus dem Wege geräumt ist, dürfen wir uns ja gestehen, daß wir ihn eigentlich immer ganz gerne gehabt haben. Er nahm es ernst mit der Arbeit wie mit dem Leben, nie hat er sich anderer als anständiger Waffen gegen uns bedient – – und hätte uns die Taktik des Kampfes nicht gezwungen, seine Vorzüge als seine Fehler hinzustellen, wir hätten sogar manches von ihm lernen können.«

»Schade, schade!« sagte der andere, »hätte er sich, ehe alles verfahren war, zu unseren Anschauungen bekehren können, wir hätten ihn vielleicht freudig in unseren Reihen aufgenommen.«

»Mit offenen Armen,« bestätigte jener, und in feierlichem Tone fügte er hinzu: »Nun, Friede seiner Asche.«

»Friede seiner Asche,« wiederholte der andere.

Und dann gingen sie weiter.

Ich schlug meine beiden Hände vors Gesicht. Meine Brust weitete sich, und darinnen fing leise, leise etwas zu pochen an, was, seit ich hier unten lag, in schweigender Starrheit geruht hatte.

»Also so ist das Urteil der Welt beschaffen?« sprach ich zu mir. »Das hättest du früher wissen müssen! Stolz erhobenen Hauptes wärest du deines Weges gegangen – unbeirrt durch gleißnerische Liebe und blind drauflosschlagenden Haß, hättest Lob und Tadel mit dem gleichen frohen Lachen von dir abgeschüttelt und nur in dir selber deine Norm gesucht. – Oh, wenn ich noch einmal leben dürfte! – Wenn es einen Ausweg gäbe aus diesen vermaledeiten sechs Brettern!« –

In ohnmächtiger Wut schlug ich mit der Faust gegen den Sargdeckel, aber ohne weiteren Erfolg, als daß ich mir einen Splitter in den Daumen riß. Und dann überkam mich noch einmal, wenn auch zögernd und widerwillig, ein wohliges Bewußtsein des ewigen Friedens, in den ich eingegangen war.

»Würd' es sich schließlich der Mühe verlohnen,« sagte ich zu mir, »aufs neue in den Kampf zurückzukehren, wenn du auch tausendmal des Sieges sicher wärest? Was ist er denn wert – dieser Sieg? Und hast du selbst als der ersten einer die Gipfel erklommen, die noch kein menschlicher Fuß betrat, so klettert ein nächstes Geschlecht lachend auf deine Schultern und stößt dich mit den Fäusten in den Abgrund des Vergessens zurück. Dort kannst du dann liegen, – einsam und hilflos, bis doch wiederum die sechs Bretter daran müssen, um dir zum Glücke zu verhelfen. – Also sei zufrieden und warte, bis auch das Ding da drinnen, das so unverschämt zu pochen begonnen hat, sich wieder zur Ruh' begeben wird.«

Ich streckte mich aus – faltete die Hände – und beschloß, hinfort weder aufrührerische Reden zu halten noch dem Handwerk der Würmer entgegenzuarbeiten, sondern in guter Ruh' ins All hinüberzudämmern. –

So lag ich wiederum eine gute Weile.

Da erhob sich irgendwo ein seltsames Tönen, das erst eine Weile traumhaft in meinen dumpfen Halbschlaf hineindrang, ehe es mich vollends erweckte.

Was war das? Ein Zeichen des Jüngsten Tages vielleicht?

»Nun, mir kann's recht sein,« sagte ich und reckte mich gähnend. »Ob Himmel, ob Hölle, man erlebt doch was Neues!«

Aber mit dem blechernen Posaunengeschmetter, das uns von Religions wegen verheißen war, hatte der Klang, der mich ganz munter machte, nichts gemein.

Hold und schmeichlerisch, bald wie ein Flötengetön, von Kinderlippen hervorgelockt, bald wie das Schluchzen einer Mädchenstimme, bald wie das kosende Getändel, mit dem eine glückliche Mutter zu ihrem Säugling spricht – tausendfältig und immer gleich in süßem, sehnsüchtigem Zauber – wildfremd und dennoch lieb und vertraut – so drang er an mein Ohr. –

»Wo hast du das doch schon gehört?« fragte ich mich lauschend.

Und wie ich sann und sann, da stieg ein Frühlingsabend vor meiner Seele auf, aus alter, langverschollener Zeit. – – Am Ufer des dampfenden Flusses war ich entlang gewandert. Das Abendrot, das in flammenden Zacken durch die zarten, jungen Blätter brach, breitete einen purpurnen Teppich über die ruhenden Wasser, auf denen nur hier und da ein flinker Käfer rasch verfließende Kreise zog. – Der Tau sprühte bei jedem Schritte in leuchtenden Perlen vor mir auf, und ein Gedüft von Thymian und wilden Rosen wogte durch die Luft.

Dort mußte es gewesen sein, daß ich diesen Klang zum erstenmal gehört hatte.

Und nun war alles klar: Die Nachtigall singt! Die Nachtigall singt!

Also dort oben ist es nun Frühling geworden.

Ein Maienabend mag es sein, wie jener, den mein Geist mir wachgerufen hatte.

Auf den Wiesen steht der blaue Gundermann... Goldregen und Flieder mischen ihre Blütentrauben zu goldigvioletten Kränzen... Die Ulmenfrucht hebt ihre Flügelchen, und wie zerrissene Schleier stiegen die zarten Flocken der Butterblume durch die stille Dämmerung ...

Wohl klappert der Storch vom Dorfe her ... und eine Ziehharmonika wird sich gewiß auch hören lassen.

Aber die Nachtigall da oben kümmert's nicht, wer neben ihr Musik macht, sie schluchzt und jubelt lauter und lauter, als wüßte sie, daß einem armen toten Mann hier unten das Herz noch einmal stürmisch gegen die Rippen schlägt. –

Und bei jedem seiner Schläge ergießt sich ein heißer Strom in meine Adern, der weiter und weiter vordringt und bald den ganzen Leib durchflutet haben wird. – Mir ist, als müßt' ich aufschreien in Sehnsucht und in Reue, aber noch einmal richtet mein Trotz sich auf: »Dir ist geschehen, wie du gewollt hast, drum lieg und mucke nicht, solltest du auch verdammt sein, den Nachtigallenschlag zu hören bis an der Welt Ende.«

Der ist um ein Merkliches leiser geworden.

Offenbar haben die Menschenschritte, die jetzt mit dumpfem Widerhalle das Grab umkreisen, den Vogel nach einem ferneren Busche hingescheucht.

»Wer mag es sein,« frag' ich mich, »der daran denkt, zu deiner Ruhestatt zu wandern – am Maienabend, wenn die Nachtigallen singen?«

Und ich lausche von neuem.

Das klingt beinahe, als ob dort oben einer weinte!

Ging ich nicht einsam und liebeleer über die Erde? – – Starb ich nicht im Hause einer Fremden? – – Wurde ich nicht von Fremden eingescharrt? Wer ist es, der da weinen kommt an meinem Grabe?

Und jede der Tränen, die dort oben vergossen werden, fällt mir glühend auf die Brust ...

Die bäumt sich in krampfhaftem Ringen, aber der Sargdeckel preßt sie zurück. Ich stemme den Kopf gegen die Wandung, um ihn zu sprengen, aber wie ein Felsen liegt er über mir. – Mein Körper scheint zu brennen; um ihn zu schützen, zerwühl' ich die Sägespäne, die mir mit beizendem Staube Mund und Augen erfüllen.

Ich will schreien, doch die Kehle versagt mir.

Ich will beten, doch statt der Gedanken schießen Blitze des Irrwahns durch mein Gehirn.

Nur eines fühle ich, das mit unermeßlicher Gewalt mein ganzes Wesen durchdringt und den Leib in einem Flammenstrome aufzulösen droht: »Leben will ich! Ich will leben!«

Da – in höchster Not – gedenk' ich jener Fee, die mich auf mein Verlangen in die Gruft hinabgezaubert hat.

»Thea, ich flehe zu dir! Ich habe gesündigt an der Welt und an mir selber. Feig und träge war ich, daß ich am Leben verzweifelte, solange noch ein Funke Lebenskraft in meinen Adern schwelte. Laß mich auferstehn, – ich fleh' zu dir in Höllenqualen – laß mich auferstehn.«

Und siehe da! Die Bretter des Sarges sinken von mir nieder wie ein morsches Gewand. Das Erdreich rollt an beiden Seiten herab und ballt sich unter meinem Leibe, mich emporzuheben.

Als ich die Augen öffne, seh' ich mich im dunklen Grase liegen und durch ein zackiges Geäste die Sterne grüßend zu mir niederleuchten. Mit ihren wagerechten Armen stehen im Abendrot die schwarzen Kreuze, und an Grabgittern vorbei blinzelt mein Auge hinaus in die blühende Welt.

Rings um mich her in den Gräsern geigen die Grillen, und die Nachtigall hebt aufs neue zu schlagen an.

In halber Betäubung raff ich mich auf. – –

Wogender Duft und verfließende Schatten bis in die Weite hin.

Da seh' ich neben mir auf dem Grabhügel kauernd eine graue Gestalt – – sehe zwischen zurückgeschlagenen Schleiern ein Antlitz, bleich und lieblich, mit glatt herabgestrichenen dunklen Haaren und einer Madonnenstirn – um den leise lächelnden Mund ein Zug von weicher Hoheit, wie ihn die Märtyrer tragen, die sich an dem Übermaße ihrer Liebe freudig verbluten.

In lachendem Frieden, klar und innig, alles Guten Maß, aller Schönheit Spiegel, schauen ihre Augen auf mich nieder.

Ich kenne diese dunkelleuchtenden Augen, ich kenne diese grauen, matten Schleier, ich kenn' auch diese blütenweiße, kranke Hand, die sich zitternd auf die Krücke stützt. –

Das ist sie, meine Fee, deren Tränen mich von den Toten auferweckten. –

Ich trotze nicht mehr. –

Ich liege vor ihr am Boden und küsse stammelnd den Saum ihres Gewandes. –

Und sie neigt sich und streckt die Hand zu mir herab.

An dieser Hand richt' ich mich auf.

An dieser armen, kranken Hand schreit' ich stolz und fröhlich ins Leben zurück. – – –

6.

Ich suchte meine Fee und fand sie nicht.

Ich suchte sie auf den Blumenhalden des Südens und auf den struppigen Mooren des Nordlands, im ewigen Schnee der Alpengrate und in den schwarzen Stollen tief unter der Erde, im schillernden Gewühl der Boulevards und in der singenden Öde des Meeres ... Aber ich fand sie nicht. Ich suchte sie in dem Tabaksrauch und dem Fünfgroschenbeifall der Volksversammlungen, auf dem Eitelkeitsmarkt der zünftigen Beglücker; – in dem Lichtstrom schillernder Feste suchte ich sie und in dem dämmerigen Stillstand häuslichen Behagens ... Aber ich fand sie nicht.

Mein Auge lechzte nach ihrem Anblick, doch in meiner Erinnerung gab es kein Merkmal mehr, woran ich sie hätte erkennen können. Jedes ihrer Bilder war verwischt und verschlungen von den schreienden Farben der neuen Zeit.

Gutes und Böses in tausenderlei Gestalt hatte sich zwischen mich und meine Fee geschoben. Und das Böse war zum Heil, das Gute zum Unheil für mich geworden.

Doch die Summe des Unheils war größer als die des Heils. Ich krümmte mich unter seiner Last, und lange Zeit hindurch sahen meine Augen nichts als den Boden, an dem ich klebte. –

Und darum brauchte ich meine Fee.

Ich brauchte sie wie der Sklave seine Freiheit, wie der Herr seinen Herrn, wie der Gläubige das ewige Leben braucht.

Ich suchte in ihr meine Erhebung, meine Flugkraft, meinen trotzenden Wahn.

Und darum verschmachtete ich nach ihr.

Mein Ohr lauschte gierig den wirren Stimmen um mich her, doch die meiner Fee war nicht darunter, meine Hand tastete grüßend nach fremden Händen, doch die Feenhand war nicht darunter. – Ich hätte sie ja auch nie erkannt.

Dann hielt ich Umfrage an allen Weltenden.

Zuerst ging ich zu einem Philosophen.

»Du weißt alles, weiser Mann,« sagte ich. »Kannst du mich lehren, wie ich meine Fee wiederfinde?«

Der Philosoph legte die Spitzen der gespreizten fünf Finger gegen die Denkerstirn, und nachdem er eine Weile nachgedacht hatte, sagte er: »Du mußt versuchen, durch reine Intuition alle begriffliche Wesenheit des gesuchten Objektes zu umfassen. Daher steig in dich hinein und achte auf die Sprache deines Innern.«

Ich tat, wie mir geheißen. Doch das Brausen des Blutes in meinen Ohrmuscheln machte mir Angst. Es übertönte jede andere Stimme. –

Dann ging ich zu einem sehr klugen Arzte und richtete dieselbe Frage an ihn.

Der Arzt, der im Begriffe war, einen auf künstlichem Wege verdauten Brei zu konstruieren, um dem modernen Magen jede Arbeit zu ersparen, ließ für einen Augenblick den Rührlöffel sinken und sagte: »Sie müssen nur solche Speisen zu sich nehmen, die dem Gehirne eine Fülle von Phosphor zuzuführen geeignet sind. Dann wird es Ihnen selber Antwort sagen.« Ich tat nach seiner Weisung, aber statt der Fee fand ich eine Menge von Bildern, die mich verwirrten. Ich sah in den Herzen derer, die mich umgaben, Feengärten und Höllen, Wüsteneien und Rübenfelder, ich sah einen komisch hüpfenden Regenwurm, den ein zierlicher Tausendfuß derweilen behaglich anfraß, ich sah ein Weltreich, in dem die Dunkelheit Meister geworden, und vieles andere mehr, so daß mir bange ward vor meinen Bildern. –

Dann ging ich zu einem Pfarrer und legte ihm dieselbe Frage vor.

Der fromme Mann setzte gemächlich seine Knasterpfeife in Brand und sagte: »Von Feen, mein Freund, steht nichts im Katechismus, darum gibt es keine, und darum ist es Sünde, nach ihnen zu forschen. – Willst du mir aber statt dessen nicht helfen, den Teufel in die Welt zurückzubringen, den alten, echten mit Schwanz und Hörnern und Schwefelgestank? Den gibt es, denn den brauchen wir.« –

Nachdem ich noch bei einem Rechtsgelehrten gewesen war, der mir geraten hatte, meine Fee durch die Polizei aufsuchen zu lassen, begab ich mich zu einem meiner Kollegen, einem Dichter, der der klassischen Schule angehörte.

Ich fand ihn in rotseidenem Schlafrock, die Stirn mit einem nassen Handtuch umwunden, das dazu diente, den allzu stürmischen Lauf der begeisterten Gedanken aufzuhalten. Vor ihm auf dem Tische stand ein Kristallglas mit Malagawein und eine silberne Schale mit Granatäpfeln und Trauben. – Die Trauben waren aus Glas und die Granatäpfel aus Seife. Ihr Anblick diente dazu, seine Stimmung zu erhöhen. Neben ihm, am Boden festgenagelt, stand eine goldene Harfe, an der ein Lorbeerkranz und eine Zipfelmütze hingen.

Nachdem ich schüchtern meine Frage angebracht hatte, sprach der hochverehrte Meister wie folgt: »Die Muse – mein werter Freund, frage die Muse! Die Muse, die uns arme Staubgeborene zum Heiligtum des Göttlichen hinanführt – von der in reinere Ätherhöhen emporgetragen wir uns wahrhaft menschlich fühlen. – Frage die Muse!« –

Da ich vorerst diese mir unbekannte Dame hätte aufsuchen müssen, ging ich, mir bei einem andern Kollegen, einem modernen Wahrheitssucher, Rats erholen.

Ich fand ihn an seinem Arbeitstische über eine Lupe gebeugt, durch deren Glas er einen verendenden Floh aufs sorgfältigste studierte. Jede der Bewegungen notierte er auf Zetteln, aus denen er dann später seine Werke zusammensetzte. Neben ihm standen ein Käsebrot, ein Fläschchen mit Äthertropfen und eine Schachtel mit Veronalpulvern.

Als ich mein Anliegen ausgesprochen hatte, wurde er sehr böse.

»Mensch, laß mich mit so 'nem Blech in Ruh',« rief er aus. »Feen und Elfen und Gnomen und Ideen und weiß der Deibel was, das is *vieux jeu* – das is noch schlimmer als 'n Fünffüßer. Geh zum Henker, du Idiot, und stör mich nicht.« –

Traurig darüber, mich und meine Fee so verachtet zu sehn, schlich ich von dannen und begab mich zu einem Lebenskünstler, der alle Wonnen und Schmerzen des Erdendaseins epikureisch durchkostet hatte, um, wie er sagte, seine Persönlichkeit zu verbreitern. Bei ihm durfte ich auch für mich Verständnis erhoffen.

Ich fand ihn, eine Zigarette rauchend, auf seiner Chaiselongue liegen, wie er einen französischen Roman – es war »*Là-bas*« von Huysmans – durchblätterte, ohne ihn aufzuschneiden, denn dazu war er zu träge.

Meine Frage hörte er mit verbindlichem Lächeln an, dann sagte er: »Lieber Freund – *parlons franchement!* – Das is ganz einfach. – Fee is 'n Weib. – Das läßt sich nicht bestreiten. Nu nehmen Sie also von Weibern, was Ihnen vor die Flinte kommt. – Lieben Sie se durch – der Reih' nach. – Einmal werden Sie dann auch auf Ihre Fee stoßen.« –

Da ich fürchten mußte, daß die Befolgung dieses Rats mir den besten Teil meines Lebens und meines. Gewissens kosten würde, wählte ich ein letztes verzweifeltes Mittel: ich begab mich zu einem Zauberer.

Wenn Manfred seine Astarte für zwei Augenblicke ins Menschendasein zurückgezwungen hatte, warum nicht ich die Walterin meines höheren Willens?

Ich fand einen würdigen Mann mit Schwärmeraugen und filzigem Haupthaar, der seine Wäsche nur selten zu wechseln schien. Ich hatte also allen Grund, ihn für einen Idealisten zu halten.

Er sprach mir vom »Karma«, von »Materialisationen« und der »Pluralität der Sphären«. Und noch viele andere fremde Wörter brauchte er, mittels deren er mir klarmachte, daß meine Fee sich mir nur durch seine Hilfe jemals enthüllen würde.

Mit pochendem Herzen betrat ich zur festgesetzten Stunde den finsteren Raum, in den der Zauberer mich führte.

Eine leise, geheimnisschwere Musik scholl mir daraus entgegen. Ich blieb allein, – an die Tür gedrückt, in atemloser Angst, kommender Dinge gewärtig.

Und wie ich wartend ins Dunkel starre, sticht plötzlich aus einer Dielenritze eine blauleuchtende Nadel hervor – und wächst – und bekommt Ringe – und wird zur züngelnden Schlange, die Flammen speit und sich zu Flammen zersplittert.

Und diese Flammen lecken nach allen Seiten und wölben sich auseinander wie die Blätter einer erblühenden Lotosblume, aus deren Kelche sich dann langsam, langsam weiße Schleier erheben und im Aufwärtsgleiten zur Hülle eines Weibes werden, das mit dem Blicke seiner unsichtbaren Augen mich Furchtgepeitschten bannt.

»Bist du Thea?« frag' ich zitternd.

Die Schleier neigen sich zu einem »Ja«.

»Wo weilst du?«

Die Schleier wogen, von erbebenden Gliedern geschüttelt. »Frage mich nach anderem,« haucht eine dunkle Stimme.

»Warum erscheinst du mir nicht mehr?«

»Ich darf nicht.«

»Wer hindert dich?«

»Du!«

»Wodurch? Bin ich deiner unwürdig?«

»Ja.«

In tiefster Zerknirschung will ich mich ihr zu Füßen stürzen, da – näherkommend – bemerkte ich, daß der Atem meiner Fee nach Zwiebeln roch.

Dieses ernüchterte mich ein wenig, denn Zwiebeln kann ich nicht vertragen.

Ich klopfte an die verschlossene Tür, bezahlte dem Zauberer, was ich schuldig war, und ging von dannen.

Von nun an schwand mir die Hoffnung, meiner Fee je wieder zu begegnen. Doch meine Seele schrie nach ihr. – – –

Und die Welt sank zurück. – Ihre Gestalten verschwammen zu Schatten des Gewesenen, ihr Lärm brandete nicht mehr an meiner Schwelle. Einsamkeit, halb mir lieb und halb mir aufgedrungen, durchmaß mit schlürfenden Schritten meines Hauses Räume. Nur wenige, meinem Herzen vertraut und meines Blutes Genossen, umfriedeten mein Dasein und hielten Wache vor den Schlössern meiner Tür. –

Ein Spätnachmittag war's um die Adventszeit.

Doch keine Weihnachtsbotschaft durchschauerte die hoffende Seele.

Als ein beiseite geworfenes Spielzeug lag irgendwo im Schutte das Triebwerk drängender Leidenschaft. Stumm das Herz, lässig die Hand und selbst die Not, die Allbeleberin, zu matter Erinnerung erstorben.

Draußen blühte der Rauhreif ... Eisstaub, wie Sternenregen, erfüllte die Luft ... Weißglitzernde Tücher umschleierten die Ebenen ... Was als kahles Laubgezweig sich aufwärtsreckte, schien in Korallenstäbe verwandelt... Und als helles Glasgespinst zitterten die Tannen.

Ein roter Abendgleisch sandte seinen Abglanz darüber her. Doch so karg war das, was er zu geben hatte, daß kein Purpurleuchten, kein silberfarbener Flimmer die kaltweiße Welt erwärmte. Nicht als ein weicher Sonnenabschied, grausam wie die Drohung lähmender Nacht starrte der blutige Streif durch die Fenster.

Vesperzeit! ... So will's die Ordnung des Hauses.

Graublauer Rauch wirbelt zur umschatteten Decke empor und netzt mit sinkenden Tröpfchen das bauchige Silber des Teezeugs.

»Vesperzeit!« meldet die Glocke.

Aus den Wirtschaftsräumen wogt ein Gedüfte von Frischgebackenem. Die machen sich ein Fest da draußen. Sich – und wohlmeinend vielleicht auch dem Hausherrn.

Ein neues Buch, das heut aus der Ferne gekommen ist, hängt mir in der Hand.

Schon wieder hat einer die große Entdeckung gemacht, daß die Welt mit ihm beginnt.

Begann sie nicht auch einmal mit mir?

Jung sein! Jung sein! Auch Not leiden, aber jung sein!

Doch wer in Wahrheit hat Lust, den harten Weg noch einmal zu durchschreiten?

Du etwa – Weib an meiner Seite?

Ich möchte wetten, auch du nicht!

Und wie ich den Blick erhebe, um zu fragen, obwohl ich weiß, daß sie fern ist – – – wer steht dort hinter dem Heißwasserkessel, von steigendem Gewölke bläulich umrandet?

Sah ich dich nicht oft schon, Kind, – du mit dem rostbraunen Gelock und den dunklen Wimpern über dem Blauaug'? Du mit dem Vogelzwitschern in der weißschwellenden Kehle und dem leichtherzigen Schwebegang treppauf – treppab?

Und dennoch – sah ich dich je? Sah ich jemals den Blick, der in reifendem Weltwissen rätselratend mich umfängt? ... Und sah ich jemals den üppigharten Mund, der verschwiegenen Trost und lockendes Verstehen auf mich herniederlächelt?

Wer bist du, Kind, daß du es wagst, mich durch und durch zu schauen, als hätt' ich mein Vertrauen dir je vor die Füße gelegt? ...

Wer bist du, daß du flügellos in meine Abgründe hinabtauchst und darüber hinweglächelst, was mir Krampf und Ersticken heißt?

Warum kamst du nicht früher – als das, was du bist? Was du *mir* bist und sein wirst von dieser Stunde an?

Warum birgst du dich in dem Dunste, der mein Erkennen trübt und deinen Umriß vernebelt?

Komm zu mir, denn du bist, die ich suche, nach der mein Herzblut verlangt, um sich auszuströmen als Opferung und als Triumph!

Du bist die Fee, die mir das Auge klärt und mir den Willen hämmert, die mir auf jugendprallen Händen meine verlorene Jugend getragen bringt!

Komm zu mir und verlaß mich nicht, wie du mich oft verließest!

Da, wie ich, aufspringend, die Arme nach ihr recke, gewahr' ich, daß ihr Blick sich verfremdet, daß ihr Lächeln zu Stein wird. Wie eine, die mit offenen Augen schläft, so steht sie da und starrt an mir vorbei.

Ich will sie haschen, umklammern, ihres Geistes Achtsamkeit für mich zurückgewinnen, da weicht sie ohne Abwehr leis vor mir zurück... Die Mauern öffnen sich ... Die Treppensteine brechen nieder... Hinaus in das weite Winterschweigen geht die Flucht...

Über den lichten Samt der Wege, – über das klirrende Glas der Heide, – durch das starre Korallengeäst gleitet sie vor mir her. Lächelnd noch immer. Doch lächelnd – wem?

Frostharter Sturzacker hemmt mir die Schritte – eisstäubendes Strauchwerk nimmt mich gefangen – ich reiße mich durch – ihr nach!

Und weiter gleitet sie vor mir her – kaum einen Fuß hoch über der Erde – immer weiter – weiter – über Erdschollen und Halme – den Abhang hinunter – zum See, der in der blauleuchtenden Fläche seines neuen Eises sich weithin gegen das Abendrot verliert.

Nun hängt sie über dem Ufer wie ein Rauchgewölk, und der Wind, der mir im Nacken sitzt, hebt die Kanten ihres Gewandes wie spitze Wimpel um sie her.

»Bleibe, Thea!... Halte mir stand! ... Über den See kann ich nicht folgen! ... Der trägt keinen sterblichen Leib!«

Doch der stärker blasende Wind schiebt sie unaufhaltsam vor mir dahin ...

Nun steh' auch ich an dem Rande, an den das zolldünne Eis mit hohltönenden Blasen sich ansaugt.

Wird es die tastenden Füße dulden? Wird es sich auftun und mich versenken in Schmutzwasser und Morast? Hier gibt's kein Zaudern! Denn schon fegt sie der Wind in die Weite.

Und ich wage mich auf den gläsernen Boden, der kein Boden ist, den als trügerischen Spiegel eine kurzatmige Frostzeit über die Tiefen warf.

Fünf – sechs – zehn Schritte weit trägt er mich – da gellt jählings ein Harfenklingen mir ins Ohr und zuckt mir durch die Glieder wie ein Erdstoß – und wird zum Knirschen – und wird zum Donner, der sich in die Ferne hinaus verliert und, alles mit seinem Dröhnen erfüllend, aus der Ferne zurückkehrt.

Zu meiner Linken aber schillert ein Riß, der in buntfarbigen Splittern das Eis durchfurcht und vor mir her ins Unsichtbare eilt.

Was tut's? Nur weiter!

Und wieder kreischt das Harfengetön und geht als Prasseln von dannen und kehrt als Donner zurück. Und wieder zuckt buntrandig ein Riß an meiner Seite.

Nur weiter! Der Lächelnden nach, die mir nicht lächelt, doch deren Lächeln mein sein muß, wenn ich nur erst den Saum ihres Kleides in Händen halte.

Da jagt schon der dritte Riß vor mir her – und querdurch ein vierter, der ihn mit dem vorigen verbindet.

Dort heißt es hinüber – doch nicht im Sprunge, damit kein Brocken sich löse und kein Schlund sich unter ihm öffne.

Nun ist's keine Eisdecke mehr, auf der ich dahineile – nur ein Netzwerk von Spalten noch – und dazwischen ein blaues Unsichtbares, das mich aus Laune noch trägt, – unter dem die gefiederten Tangblätter sich drängen und die blanken Fische dahinschießen, denen mein Leib zum Raube dienen wird, wenn nicht ein Wunder mich oben hält.

Vom wachsenden Abendrot entzündet, breitet sich eine Feuerfläche vor mir her, und fern am Horizont dunkelt das rettende Ufer.

Weiter – nur weiter!

Tückische Springquellen schießen rechts und links in die Höhe – und werfen das ausgegossene Wasser mir in den Weg... Ein leises Gurgeln meldet sich und übertönt den klingenden Donner.

Nur weiter! Ums nackte Leben – weiter! Ob dort in der Ferne ein Wölkchen verflattert, das eben noch mit fremdem Mädchenlächeln mich in den Tod geführt, was gilt mir das noch?

Jetzt heißt es weiter – dem Ufer entgegen, das unerreichbar – unersehnbar fast – die Wonnen der Erde in seinen blauen Hügeln birgt.

Und Ewigkeiten währt der Kampf.

Windgetrieben jag' ich dahin – entweiche den Spalten – durchwate die Quellen – messe Ansatz und Landung – denn längst schon muß ich springen, längst schon öffnen sich die Tiefen rings um mich her.

Und das Eis zu meinen Füßen beginnt zu schaukeln. Wie eine Wiege schwingt es, steigend und sinkend bei jeglichem Schritt... Ein liebliches Spiel beinahe, wenn es nur nicht ums Leben ginge!

Der Atem rast ... der Herzschlag zerschnürt mir die Kehle ... Funkenschwärme umkreisen den Blick.

Schaukle dich! Schaukle dich!

Schaukle dich hinunter in den Urgrund des Lebenden!

Ein springender Brunnen – höher als alle anderen – zischt vor mir auf... Schollen und Brocken richten sich spitz in die Höhe...

Ein Satz – ein letzer noch – hoffnungslos – von verzweifeltem Daseinsdrang beflügelt – –

Da – was ist das?

Ist das nicht Erdreich unter den Füßen? Schwarzkrumige, harte, standhaltende Erde?

Ein Inselchen nur, zusammengeballt aus gefrorenem Schlamm und Kalmusknollen – zwei Schuh kaum ins Geviert, doch groß genug, dem hinsinkenden Leibe Rast zu bieten!

Am Ufer bin ich – bin gerettet, – denn wenige Armlängen noch – und vor mir baut sich die vereiste Mauer des Röhrichts.

Ein Entenvolk erhebt sich schreiend schief gegen den Himmel... Purpurlicht gleißt durch fingriges Gezweig... Und aus nächtigen Höhen grüßen die ersten Sterne.

Vorbei der Spuk! Beendet die Feenjagd!

Eines erkenn' ich: Wer festen Boden unter den Füßen hat, der braucht keine Feen! Und fröhlich schreit' ich ins Abendrot.

Ende.

Über tredition

Eigenes Buch veröffentlichen

tredition wurde 2006 in Hamburg gegründet und hat seither mehrere tausend Buchtitel veröffentlicht. Autoren veröffentlichen in wenigen leichten Schritten gedruckte Bücher, e-Books und audio-Books. tredition hat das Ziel, die beste und fairste Veröffentlichungsmöglichkeit für Autoren zu bieten.

tredition wurde mit der Erkenntnis gegründet, dass nur etwa jedes 200. bei Verlagen eingereichte Manuskript veröffentlicht wird. Dabei hat jedes Buch seinen Markt, also seine Leser. tredition sorgt dafür, dass für jedes Buch die Leserschaft auch erreicht wird.

Im einzigartigen Literatur-Netzwerk von tredition bieten zahlreiche Literatur-Partner (das sind Lektoren, Übersetzer, Hörbuchsprecher und Illustratoren) ihre Dienstleistung an, um Manuskripte zu verbessern oder die Vielfalt zu erhöhen. Autoren vereinbaren direkt mit den Literatur-Partnern die Konditionen ihrer Zusammenarbeit und partizipieren gemeinsam am Erfolg des Buches.

Das gesamte Verlagsprogramm von tredition ist bei allen stationären Buchhandlungen und Online-Buchhändlern wie z. B. Amazon erhältlich. e-Books stehen bei den führenden Online-Portalen (z. B. iBookstore von Apple oder Kindle von Amazon) zum Verkauf.

Einfach leicht ein Buch veröffentlichen: **www.tredition.de**

Eigene Buchreihe oder eigenen Verlag gründen

Seit 2009 bietet tredition sein Verlagskonzept auch als sogenanntes "White-Label" an. Das bedeutet, dass andere Unternehmen, Institutionen und Personen risikofrei und unkompliziert selbst zum Herausgeber von Büchern und Buchreihen unter eigener Marke werden können. tredition übernimmt dabei das komplette Herstellungs- und Distributionsrisiko.

Zahlreiche Zeitschriften-, Zeitungs- und Buchverlage, Universitäten, Forschungseinrichtungen u.v.m. nutzen diese Dienstleistung von tredition, um unter eigener Marke ohne Risiko Bücher zu verlegen.

Alle Informationen im Internet: **www.tredition.de/fuer-verlage**

tredition wurde mit mehreren Innovationspreisen ausgezeichnet, u. a. mit dem Webfuture Award und dem Innovationspreis der Buch Digitale.

tredition ist Mitglied im Börsenverein des Deutschen Buchhandels.

Dieses Werk elektronisch lesen

Dieses Werk ist Teil der Gutenberg-DE Edition DVD. Diese enthält das komplette Archiv des Projekt Gutenberg-DE. Die DVD ist im Internet erhältlich auf **http://gutenbergshop.abc.de**

Zeitfracht Medien GmbH
Ferdinand-Jühlke-Straße 7
99095 Erfurt, Deutschland
produktsicherheit@kolibri360.de